ジャングルの儀式

新装版

大沢在昌

第一部

1

若者がタクシーを降りたったのは六本木の交差点だった。

十一月の末としてもひどく寒い晩で、それでも客待ちの空車の列がずらりと、飯倉片町に抜ける方角につらなっている。

若者を乗せてきた運転手は、滞ったその目抜きに車を突っ込むのを嫌がったのだった。

街は冷えきっていて、あいも変わらぬ排気ガスと喧騒、そして空々しい期待で満ちていた。

終夜営業の喫茶店の前に立った若者は、その様相に眺めいった。

陽やけした顔と、ウエスタンシャツにジーンズ、その上百八十センチ以上の長身といったいでたちでなければ、初めて盛り場に足を踏み入れたお上りさんのように映る仕草だった。

十分近くも若者はそうして佇んでいた。

午前零時に数分を余したその時刻は、地下鉄を使って街を出ようとする人間と、これからこの街で遊ぼうとする人間の交差で、舗道が埋めつくされる。

特に金曜日の晩とあればなおさらだった。

若者はやがて何事かを呟くと、信号が青に変わった横断歩道を渡り始めた。

若者が立った角とは対角線上に位置する赤い電灯を目指したのだった。

交番の前に辿りつくまでに、若者は酔ったサラリーマンが突き出す肩をやりすごし、無遠慮に傍らをすり抜ける十代の、彼より若い少年達から身をよけねばならなかった。

車高の低い、巨大なアメ車が耳障りな排気音をたて、タイヤを鳴らしながら右折してゆく。ヒッピーまがいの長髪の白人や日本人がちゃちな細工物の装身具を路上で売っていた。

ちらりとこちらを見上げた、ジーンズにダウンジャケットを着こんだ若い女の売り子は、無表情で乾いた視線をよこしただけだった。

媚びすらそこにはない。

交番の建物の中には三人の制服警官がいた。一人は黒い電話器に向かって話している。

残りの二人は、緊張した顔つきこそしていないものの、ガラス窓ごしの、深夜とは思えぬ人通りに視線を配っていた。

若者は交番の前に立つと、警官たちの様子を観察した。

若者の顔からは、タクシーを降りたときから浮かんでいた驚(おどろ)きととまどいの表情は消えていた。代わりに、決意を秘めた、厳しい面持(おもも)ちになっている。二十五、六か。幼なさはそこにはない。たくましさと、大量のエネルギーを感じさせる行動力が厚い胸板から匂(にお)った。

窓ガラスに顔を寄せていた警官と若者の目が合った。若者は歩み出した。シャツの胸ポケットに右手がのび、ボタンを外す。中から一枚の紙をとり出した。

警官は交番の建物内に踏み込んできた、その若者をさして興味も感じていないような目で見上げた。

「この店を、捜(さが)しているのですが」

若者の声は低くて、滑(なめ)らかだった。

警官は面倒臭(めんどうくさ)げにその紙片を受け取った。「麻雀荘(マージャンそう)『華(はな)』」と書かれ、その下に住所があった。

「えーと、五丁目ということはですね……」

警官は壁(かべ)に貼(は)った地図に指を走らせた。

「この道を、その角で左に折れて、最初の信号の手前に細い道がありますから、そこを左に曲がって下さい。曲がってすぐの角にあるんじゃないかな……」

警官から紙片を返されて、若者は小さく頷(うなず)いた。

「ありがとう」

警官が指示したのは、タクシーが入るのを嫌がった六本木のメインストリートだった。歩いてゆく若者とほぼ同年代か年下の男女が数多く行きかっている。

だが若者の目から見れば、彼らは一様に幼なく華奢で、高価な衣服を身につけていた。歩道際に駐車された車も、見慣れない種類に混じって、ベンツやポルシェなどの高級車が目についたが、どれも皆、新品で手入れがきちんとなされ、激しく明滅するネオンに輝いている。

それらの車に乗りこんでいるのも、車とはおよそ釣合わない若者が多かった。

中でも若者の目を惹いたのはゲームセンターだった。派手なイルミネーションと機械音、そしてずらりと並んだスロットマシン。

若者は一瞬足を止め、背後からの流れに身を押されながらも中を見つめた。

だがザラザラと、受け皿に吐き出されるコインは日本の硬貨ではないようだった。

若者は強い興味を持ったように、一、二歩足を踏み出しかけた。だが、唇をわずかの間かむと、踵を返した。

彼にとっては、まず「華」という麻雀荘に行くことが至上の問題のようだった。

ほどなく若者は、その店を見つけた。急な下り坂の途中にあり、たった一本左に折れただけで、人通りが絶える区画だった。

合成板に「華」という漢字の店名が彫られている。同名のコーラの看板は扉のわきで、既に灯を落としていた。

扉の前に立つと、若者は大きな吐息をついた。用心深く、麻雀荘の入った建物の周囲を見回す。

坂の上は、メイン・ストリートで人通りと車の音が激しい。

若者は扉のノブを握ると押した。

「どうだっ」

牌を卓に叩きつける音が鋭く耳を打った。

「いらっしゃい……」

入口に近い、使用されていない卓にすわって小さなテレビを見ていた中年の女が、不審げに立ち上がった。

十卓近いテーブルのほとんどが埋まり、店の中には煙草の煙が濃く淀んでいた。

麻雀に興じている客は、サラリーマン風の男達から、銀座帰りとおぼしいスーツ姿の化粧の厚い女、そして一見してそれとわかるヤクザ者まで、まちまちだった。

客の大半は、ちらりとも新来の若者の姿を見ようとはしなかった。

若者の様子が麻雀を打ちに来たのではないことを見取った女は、若者に歩みより訊ねた。

「何か？」

若者はすぐには答えず、無言で店内を見回した。

「どなたかお捜し？」

口調だけはていねいだが、冷ややかな表情を浮かべて女はいった。

「花木という男の人を捜してる。この店をやってると聞いてた」

若者はぶっきら棒にいった。

「花木さん……」

女がいうと、ざわめいていた麻雀荘の中が一瞬、静まる気配があった。

「花木さんの時と、うちは代変わりしてね。もう居ないよ」

女のすわっていた卓で、漫画雑誌を広げていた四十がらみの男がいった。頭を短く刈り、ピンクのシャツにグレイのスラックスをはいていた。組んだ脚にはいた黒い皮靴が異様に磨かれている。

「どこに行けば会える?」

「さあ、知らんね」

男は鋭い一瞥を若者にくれると、漫画に目を戻した。

「本当か」

「ええ、本当ですよ」

女は勢いを得たように、大きく頷いた。

「いつ頃……」

「さあ、もう十年近く前じゃないかしら」

若者はがっくりしたように肩を落とした。のろのろと踵を返す。洗牌する、ガシャガシャという音が、その背に浴びせられた。

　扉の前で立ち止まると、若者はもう一度振り返って麻雀荘の中を見回した。焦ったようないらだちの表情がその顔にあった。

「兄さん、兄さん……」

　麻雀荘を出、坂道を昇り始めたときに、背後から声がかかった。若者は振り向いた。「華」の卓で麻雀を打っていた客だった。黒のスーツをがっちりとした体に着こなしている。背は低いが、両脚をふんばるように地面に広げていた。

　上着の前をはだけ、オレンジのまじった派手なネクタイを見せつけながら、男はベルトに指をかけた。スラックスをひっぱり上げる。髪は、光沢のある油でぴったりと後ろに寝かせてあった。

　鼻がひしゃげているのが、粗暴だがどこか愛敬のある雰囲気も漂わす。

「何だ」

　若者は用心したように短くいった。

「花木さんに何の用があるんだい」

「知っているのか、花木を……」

　若者は体をかがめるようにして、男を見おろした。

「花木、何というんだ」

「花木達治」

若者の答に、男は満足したように頷いた。

「ああ知ってるとも」

「どこに居る？」

「何の用事なのかって訊いてるじゃないか、だから……」

男は上着のボタンをかけるといった。

「あんたには関係ないよ」

いった若者の背後を、爆音とクラクションを轟かせてデトマソが行き過ぎた。

不意のその騒音に、男はのびあがるようにして若者の向うを見やったが、若者はぴくりとも体を動かさなかった。

「そんないい方はないだろう」

男はつぶやくようにいった。

「この街もだんだん品が悪くなる。人の迷惑や礼儀をわきまえない若僧どもがのさばりだしたんだ」

「俺は知らんよ。今日初めて、この街に来たんだ」

男は興味を惹かれたように若者を見つめた。

「東京の人間じゃないのか」

「あんたには関係ないね」

「だから、それが礼儀を知らんいい方だといってるんじゃねえか」

男の言葉つきが、凄味をおびた。

「こっちはおとなしく話をつけようとしてるんだ。花木達治に何の用があるかって訊いてるんだから、つべこべいわず素直に——」

男が言葉をいいおわらぬうちに、若者の体が前に飛び出した。肩をぶつけるように男をつきとばす。

「なにをしやがる」

男の体をがっちりと、「華」の壁に押しつけた。男は若者の腕を振りほどこうともがいたが、びくともしない。

「花木はどこにいる」

「知らんよ」

若者の目が男の顔から離れた。同時に、男の体を押さえこんでいた両手も離れる。次の瞬間、強烈なバックハンドショットが男の顎を襲った。

後頭部をしたたかにコンクリートの壁に打ちつけ、男は呻いた。

「花木はどこだ」

男の襟をひきつけ、若者は耳元でささやいた。

「てめえ……こんな真似してただですむと思うなよ。五体満足じゃ……」

若者の右膝が男の鳩尾につきあがった。

げっと前かがみになるのを、無理に立たせた。両手を交差させて、襟首をつかみ若者が両脚をふんばると、男の体は宙づりになった。

「このまま吊るせば窒息するぜ」

男は頭突きを食わそうと、頭を前後に振った。わずかに首を反らせて、それを外した若者は男の背をコンクリートに打ちつけた。

男の喉から残っていた息が吐き出される。

「どうだ！」

口の中で猫の鳴き声のような音を、男は立てた。若者は腕の力を抜いた。

「グ、グーロ」

「グーロ？」

「『グーロ』ってレストランがある、そこに行けば会えるかも……」

「どこだ」

「てめえみてえな若僧は断わられるような店だ……」

「よけいなことはいわなくていい。どこにあるんだ」

「そこの信号を渡った、第一勧銀の裏手だ。高級レストランだからな。そんな恰好じゃ……」

若者は目を開いて、男の顔を見つめた。喘ぎ喘ぎ、言葉を吐き出した男も、息をとめ不思議そうに若者を見返した。

「ありがとうよ」

右膝をつきあげ、若者は腕を離した。男の体から力が抜けぐんにゃりと倒れかかる。そのまま、ポリバケツによりかからせておいて、若者はジーンズのポケットに手をつっこんだ。

踵を返すと、足早に歩き出す。

坂を昇り終えると、人通りの激しい道を小走りに駆けた。

「Goulot」という筆記体で書かれた地味な看板を捜しあてるのに、若者は二十分近くを要した。距離でいえば、五百メートルと離れていないのだが、けばけばしいネオンが林立する一帯で捜し出すのは簡単ではない。

一階にブティックなどを入れたガラス張りの洒落たビルの地下に、その店はあった。若者は、無人のブティックのショウ・ウインドウで自分の姿をうつし、髪をなでつけた。

同年代の普通の若者に比べれば、その髪は少し長目でカールしている。ジーンズの膝をはらうと、階段を下った。階段にも厚いカーペットがしかれている。

階段を降りきった所は暗く、ガラスの自動扉があった。自動扉が開くと、低いシャンソンの歌声とかすかなざわめきが若者の耳に達した。

「いらっしゃいまし……」

銀髪の初老のウェイターがほの暗い店内の奥から姿を現わした。ウェイターの背後は、若者の目からは、キャンドルの灯がゆらめいている闇としか見えない。

「お客様、大変に申しわけございませんが当店はメンバー制になっております」

若者のいでたちに目を走らせたウェイターは、慇懃だが有無をいわせぬ口調でいった。先手を打たれ、言葉を失ったように若者は喉を鳴らした。だが長居は無用ときめたのか、くるりと踵を返す。

階段を昇りかけて、若者は振り向いた。初老のウェイターはその場に留まって彼を見上げていた。

「何時までですか、ここは」

「午前二時まででございます」

若者の言葉をのみこんだように、ウェイターはいった。若者は小さく頷くと、あとは一気に階段を駆け昇った。

表通りに出た若者はタクシーを止めた。

「Tホテル」

行先を運転手に告げ、シートに体を埋める。

若者が再びその店の前に現われたのは、それから一時間後であった。勤め人の感覚では、およそ考えられない明るいブルーのスーツを着て、ネクタイもしめている。

若者は階段を降りる前に左腕の時計に目をやった。ごついダイバー用のウオッチは午前一時を指している。

階段を下ると再び、初老のウェイターが彼を出迎えた。

「いらっしゃいませ」

　ウェイターは若者のスーツを見て、わずかに片方の眉を吊り上げた。しかし何もいわずに、若者を店内に誘った。

　暗い店の中は、入口からは想像もつかぬほど広かった。ワインの壜が並ぶラックが壁のように店を二分し、片方がレストラン席、もう片方がバーラウンジになっている。

「お食事でございますか？」

「花木達治氏にお会いしたい」

　若者はウェイターに答えた。

「こちらへどうぞ」

　ウェイターはしかしそれには答えずに、若者をバーラウンジに誘った。閉店が近いせいか、並んだ皮張りのボックスに一組、そして広いバーカウンターに若い女が一人かけているだけだった。

「俺は花木さんに会いたいといっているんだ」

　若者はいらだちを含んだ声でウェイターにいった。しかし、ウェイターは若者の言葉が耳に入らぬかのように、どうぞ、と背もたれのまっすぐな椅子をひいた。

　若者は唇をかみ、カウンターに腰をおろした。

「こちらがワインリスト、そしてこちらがワイン以外のお飲物のメニューです」

　ウェイターは分厚い二冊のメニューを若者の前に置いた。

　若者は怒りのこもった鋭い目で、ウェイターをにらみすえた。しかし、その視線をはねつけるようにウェイターは一礼した。

「ごゆっくりどうぞ」

ウェイターが遠ざかると、カウンターの中にひっそりと立っていたバーテンがすべり出た。ウェイターと同じように、年配で、ヴェストの上に蝶タイを結んでいる。

「何をさしあげましょうか」

バーテンはかすれたような低い声で訊ねた。

「ジントニック」

若者は置かれたメニューには手も触れずに吐き捨てた。

暗く静かなバーの中で、若者だけが異質の存在だった。だが、

「そんなにかっかしていると、お店を壊されるのじゃないかとマネージャーが心配するわ」

女の声に、若者はさっと真横を向いた。

ボジョレのボトルを前に、ワインを一人で飲んでいた女の先客だった。前髪をかきあげ、若者を見つめている。

二十七、八か、若者より年上であることは確かだった。値の張りそうなスウェードのスーツの襟元からシルクのブラウスのカラーをのぞかせている。ペンダントの類は下げていないが、髪をかきあげたとき、耳朶にダイアモンドのイヤリングが光った。

額が丸く、形の良い頤まで卵型の美しい顔をしている。客の前に置かれる筈のキャン

ドルを、好みでか消していても、瓜実顔が闇に浮かぶほどの白さだった。

長い睫毛と瞠いた瞳が、その顔立ちに憂いを与えている。

誰が見ても、男なら目をそらすのが難しいその女の視線を、興味なさげに若者はそらした。

「客を捜してるなら生憎だ」

ジントニックのはいったグラスをさし出しかけていたバーテンがその言葉を聞いて、はっと身を強張らせた。

「まあ……」

しかし女は怒った素振りも見せずに続けた。

「こんなところにコールガールは来ないわ。あなた、ここに来るのは初めてでしょ」

若者はグラスをつかみながら、再び女を見やった。女はワイングラスをかかげた。

「いらっしゃい」

低く甘い声だった。

「今朝、成田空港に着いたばかりなんだ」

若者はいってグラスを唇にあてた。

「朝から何をしていたの、今まで」

女の問いに、若者がグラスをおろすと氷が鳴った。サイダーのように一息で飲み干してしまったのだった。

グラスをカウンターに戻すと、音もなく近づいたバーテンがお代わりと置きかえる。

「眠っていた。ずっと寝ていなかったから」

女は眉をあげた。

「ホテルで？」

「東京に知りあいはいないよ」

「でも花木を捜していたじゃない、ここで」

若者は女を見つめた。瞬きもせずに若者の視線を受けとめた女は静かに訊ねた。

「花木達治を知っているのか？」

「あなたは知らないの？」

「会ったことはない」

女は脚を組みかえた。少しだけ、若者の方に体を乗り出したようだ。

「ではどうして捜しているの？」

「あんたには関係ないよ」

「そう？　私が花木の居場所を教えてあげるといっても？」

「さっきもそういって俺をひっかけようとした奴がいたね。何ていうか、ギャングみたいな奴だった」

「ギャング？」

若者のいい方がおかしかったのか、女は笑い出した。

「それで、あなたはどうしたの」

「吊るした。吊るしたら、ここの名前を喋った」

「そうなの。あなた一体、どこから来たの？　私の名前は、麻美。ここの主のような客よ。毎晩、ここのカウンターで根を生やしているわ」

「俺は――桐生傀。ハワイのカウアイから来たんだ」

「そう、傀くん。ハワイから、日本人？　それとも日系？」

「日本人だ。国籍はU・S・Aだけど」

傀はつぶやいた。

「それで花木には何の用事？」

「そいつはあんたにいう訳にはいかない。いえば、あんたはきっと花木の居所を教えてはくれないだろう」

「じゃあ先に居場所をいえば、用事を教えてくれる？」

傀は無言で麻美と名乗った女を見つめた。

二杯目のジントニックをひと口で半分ほど干した。

「ああ、いいだろう」

頷く。

「オーケイ、メモある？」

傀は上着に手を入れた。

「ペンだけでいいわ」

傀がさし出したクロスを受け取ると、麻美は、目の前のグラスに差しこまれたペーパーナプキンを一枚抜いた。

「明日の晩、十時以降にこの住所の屋敷を訪ねるといいわ。ひょっとしたら花木に会えるかもしれなくてよ」

「ここが花木の家なのか」

傀はナプキンに目を落とした。「渋谷区神宮前三丁目……」という番地が記されている。

「の、ひとつね。あの人は忙しい体だから毎日ひとつ所にいるとは限らないわ。ひょっとして、そこに行けば会えるかもしれないというだけ。もし、家の人に何か訊かれたら、私からここを聞いたといえばいいわ。それと、お金はたくさん持ってゆくことね」

最後の言葉の意味が解せなかったように、傀は眉をひそめた。

「あんたは一体、花木の何なんだ？」

麻美は微笑で、問いに答えた。

「もうすぐ、この店も終りだわ。あなたはどうするの、帰って寝るの？」

「行ってみたいところがあるんだ」

「どこ、ディスコ？」

「まさか。さっき見たんだ。スロットマシンがいっぱいならんでいた」

「まあ……」

麻美は吹き出した。

「ゲームセンターね。およしなさい、子供の遊び場よ。それより……」

傀は麻美の顔を見つめた。

「約束だわ。どうして花木を捜しているか、話して」

傀の口元に笑みが浮かんだ。それは不敵な大胆さといったものを感じさせる。

「俺がいえば、あんたは花木に話すだろう。だがいいよ。俺が花木を捜しているのは——

——」

傀はすっと息を吸いこんだ。

「花木達治という男を殺すためなんだ」

どうだ、驚いたろうというように、傀は麻美を見やった。

「………」

しかし麻美は仮面のような無表情になっているだけだった。

「そう、そうなの。驚きはしないわ。でも花木は手強い男よ。あなたみたいな若い人にそう簡単にはやっつけられないわ」

「やってみなくてはわからんさ」

傀は椅子を背後に押した。立ち上がると、スラックスのポケットから分厚い一万円札の二つ折りの束を取り出す。一枚抜きかけたのを、麻美が制した。

とにして。どう？」

「そうね、でもあなたが花木を殺すことに成功したら、その時あなたに奢ってもらうことにして。どう？」

傀は麻美を見つめた。おもしろがっている口調でいながら、麻美の顔にはどこか真剣な色があった。

傀は肩をすくめると、金をポケットに戻した。

「御馳走さま」

つぶやくと、麻美が書いたナプキンを手に歩み出す。

「傀くん――」

麻美が叫んだ。

ワインラックに片手をかけて、傀は振り返った。

「何だい」

「あなた、花木がどんな男だか、知ってる？」

「知ってるさ」

傀は無表情で低く答えた。

「どんな男なの」

「あいつは人殺しだ」

「そう。ならいいわ、行きなさい」

「待ってたよ、兄さん。つきあってや」

両手をポケットにつっこんで階段を駆け昇ってきた傀に声がかけられた。

傀が声の方角を振り向くと、やにわに後頭部を衝撃が襲った。ひとけのないアスファルト道路に、傀はつんのめった。

「どうした、兄さん。つまずいたかい？」

先のとがった靴が脇腹にめりこみ、傀は呻いた。体を横にしながら振り仰ぐと、「華」の壁に吊るしあげた男が、傀の顔の上にしゃがみこんでいた。笑いがつぶれた鼻の下に貼りついている。

首を回すと、木刀を持った男と、もう一人背の高いがっしりした男が、傀の足の方に立っていた。

「さっきのお礼がいいたくってさ」

傀の髪に右手をつっこみ、ねじり上げた顔に、男は自分の鼻先をつきつけた。

「なるほど、あんたは礼儀をわきまえてるってことかい」

「そうさ、兄さん」

髪をつかんだまま、男は傀の顔を道路に叩きつけた。傀の鼻孔から血が吹き出した。膝をつこうとすると、腰を蹴られる。

　傀は歯をくいしばった。体を右に捻ると見せて、左へ転がした。髪が抜けるような激痛をこらえ、膝をつくと、男の顔の方角に飛びこんだ。頭頂が男の顔のどこかに当たり、髪の毛から手が抜ける。

　既に一度聞いた覚えのある、げっという呻きを傀はまた耳にした。

　空を切る音がして、咄嗟に腰を泳がすと、左大腿部に木刀が叩きつけられる。

「つっ」

　歯の間から息を洩らして、傀は体を半回転させた。殴られた方の脚だから、さほど勢いはないが、それでも回し蹴りが木刀を持った男の腕にきまり、木刀が路面に落ちる。

　足をひきずりながら踏みこむと、木刀を落とした男の喉に水平打ちを見舞った。

　長身の傀からくり出される手刀をよけきれず、男は転倒した。

　もう一人の男に向き直ると、そいつはすぼめた唇から息を吐きながら、すり足で近づいてくるところだった。

　空手だ。

　突きをブロックできるように、腰をかがめ両腕を構えて、傀は相手の足元に目をやった。踏みこむタイミングを捉えるためだ。

「何してるの！」

　厳しい女の叫びに、相手の男の気勢が一瞬そがれた。傀は素早く踏みこむと、右脚の蹴りを胸元に送った。

相手も倒れたが、殴られた左脚が体重を支えられず、傀も膝をもつれさせた。

「やめなさい」

さっと立ち上がった空手の男と、膝をついた傀の間に、麻美が塞がった。

「どいてろ、危い――」

「何いってるの。あなた桜井会の人でしょ」

傀の言葉には取りあわず、麻美はハンカチで鼻を押さえた最初の男にいった。

「あっ麻美さん……」

「どうしてこんなところでこんな真似するのよ、みっともない」

「ちょっとわけがあるんですよ」

男は立ち上がった二人の仲間に目配せをした。

「一一〇番する？　それとも別のところに電話をかける？」

麻美は両手を腰にあてて、男をにらみつけた。

「いや、結構です」

男は小さく舌打ちしていった。

「失礼しますよ」

「あたり前よ」

「兄さん、またな――」

麻美の視線と目を合わさぬように、男は傀を見やっていった。根っからのやくざなのだろうが、どこか剽軽なところのある物言いだった。

三人の襲撃者が遠ざかると、麻美は傀に腕をのばした。

「大丈夫、立てる？」

「大丈夫だ」

「東京が世界一、治安のいい都会だからって甘く見ては駄目よ」

「なめた訳じゃない、油断しただけさ」

我ながら苦しい言い訳だと思ったのか、傀の顔もさえない。

「あの人なの、あなたが吊るしたのは」

「そうだ、よっ」

身を起こして、傀は答えた。

「なるほど、ギャングとは、よくいったものね。確かにその通りだわ」

「これがアメリカなら頭を吹っ飛ばされてたかもしれない」

「その通りよ、運がよかったわ。この程度ですんで」

「だが、アメリカなら俺も射ち返してる」

「口が減らない子ね。むっつりしていたかと思ったら、殴り合いをした途端に元気になって……」

「やっと慣れてきたんだ、トウキョウのやり方に」

「歩ける？」

「ああ。ラリーにしごかれた時はこんなもんじゃなかった。それを思えば何てことないさ」

「ラリーってあなたの幼な馴染みのガキ大将？」

「いや、近所の釣具屋の親父さ。釣ザオを売る前には、マリーンの教官をやってた」

「鞠の先生？」

　傀は鼻を鳴らした。

「マリーン、アメリカ海兵隊だよ」

「わかったわ。ここで待ってて。今車を持ってくる……」

「白タクのアルバイトもやってるの」

「白タクなんておかしな言葉を知ってるわね。ハワイから来たての人にしちゃ。そういえば、いつからハワイにいたの？」

「第一問、Tホテルのクラークから聞いた。気をつけろって。日系の外国人につけこむ連中がいるんだそうだ。観光案内をするといってね。第二問、八つのときからだ。日本語がうまいのは、ハワイに移ってからも家じゃ日本語を使っていたからさ」

「そう」

　肩から吊るしたバッグからキイホルダーをとり出し、傀を近くの建物の壁によりかからせておいて、麻美は小走りに駆け出した。

　傀は小さく吐息すると、物心ついて以来、初めて見た、東京の夜空を見上げた。ネオンの照射のせいか、夜空は青白く色を変えている。星はなかった。

まるでラスヴェガスのようだ、この街は。

フォンの音に、首を傾(かたむ)けた。ヘッドライトを点(つ)けた赤い車が路地のすぐそこに止まっていた。

傀は背を立てると、足をひきずって歩き出した。近づいて、小さく口笛を吹いた。

流れるような車体はジャガーXJSだった。

「白タクにしちゃいい車だ」

ドアを引き開け、助手席に乗りこむといった。

「病院？　それともホテル？」

傀の台詞(せりふ)にはとりあわず、ハンドルに手を置いた麻美はいった。

「Tホテル」

麻美はシフトをドライブに入れると、無言で発進した。

「トウキョウでは、酒を飲んで運転してもいいのかい？」

「いいえ、日本中、どこへ行っても飲酒運転は警察に逮捕(たいほ)されるわ。ひどいときはライセンスを取り消される」

傀は肩をすくめた。癖(くせ)なのか、そして外国で育ったせいか、その仕草が嫌味(いやみ)でなく、気にならない。

「東京はどう」

「トウキョウのバイオレンスのことかい？　それとも街のことかい？」

「街のこと」

巧みにハンドルを操り、深夜の渋滞からジャガーを脱しながら、麻美は訊ねた。

「さあね。まだよくわからない。地図によると、でかい街だ。でかくてやたら人が多い。おまけにひどく寒いよ」

「カウアイとはちがうわ」

「別にサーフボードをかついで来たわけじゃないし、それほど期待もしていなかった」

「なるほど」

荒っぽくハンドルを切り、麻美は交差点を右折した。対向車のタクシーがパッシングとクラクションで抗議する。

「よろしければ、運転を変わってもいい」

「インターナショナルライセンスは持ってるのね。それとも、花木を殺すまでは、交通事故なんかで死にたくないという意味？」

傀は黙りこんだ。

「怒ったの。花木を殺すといったのはあなたよ」

「その通りだ。俺はいったことは必ず実行するよ」

「そうね。悪いけど、ハンドバッグから煙草取って下さらない」

「悪いけど、人のハンドバッグに手をつっこみたくない」

麻美は微笑んだ。信号で停車すると、後部シートに手をのばし、自分で煙草を取り出す。

「吸わないの」

パーラメントの箱をさし出して訊ねた。

「今はね。そのうち吸ってやろうと思ってる」

「肉体派ね」

「マッチョマンじゃないよ、俺は」

しばらく、二人の間に沈黙が続いた。やがて、傀が訊ねた。

「なぜ、花木を殺そうとしているのか訊かないのかい」

「人殺しだからじゃないの」

「それで花木が納得するかな」

「私は花木のスパイじゃないわ」

ジャガーはTホテルの玄関前ロータリーにすべりこんだ。

「さあ、着いたわ」

サイドブレーキをひきあげると、麻美は傀に向き直った。

「じゃあ、あんたは何なんだ、花木の」

麻美は微笑んだ。

「そうね、あなたが花木を殺すことに成功すればわかるわ」

傀は舌を鳴らした。

「じゃあね」

「礼をいうよ」

傀が降りたつと、ジャガーは特徴あるテールを赤く光らせて遠ざかった。

それを見送り、大きな吐息を洩らすと、傀はホテルのロビーに入っていった。

「お帰りなさいませ」

「一一〇八号」

フロント係りがさし出したキイを受け取り、踵を返しかけて、傀は訊ねた。

「ドラッグ・ストアはもうクローズしましたか？」

「はい、何か？」

「脚をぶつけてしまったのですが……」

「湿布薬でよろしければ、ルームサーヴィスに運ばせますが」

「お願いします」

いって、傀は歩き出した。深夜のロビーは人影がなくひっそりとしている。まるで海底のようだ。空気も何かしら淀んだようで、それでいて何百人もの人間が、天井の上では呼吸をしている。コンクリートの小箱が幾層にも重なった海底。

ボーイが開いてくれたエレベーターに乗りこむと、傀はネクタイの結び目に指を入れた。

エアコンディショニングのきいた暗い室内に入った。ヘッドランプを点す。部屋の中は、何ひとつ乱れていない。

荷物もボストンバッグがひとつ口を開いているだけだ。

クローゼットを開き、ハンガーに上着とネクタイをかけた。スラックスは、汚れてしまっているのでクリーニングしなければならない。

洗濯物を入れるビニール袋に、スラックスとシャツをつっこんだ。

下着ひとつになると、ベッドに腰をおろし、傀は左脚に目を落とした。

殴られた跡は、直線に紫色の痣になっている。

指でそれをなぞり、唇をかんだ。

立ちあがると、傀はバスルームに入った。

鏡に、一か所も贅肉のついていないたくましい肉体がうつる。のぞきこむと、鼻の下にうっすらと乾いた鼻血のあとがあった。

暗いせいで、フロント係りは気づかなかったのだろう。あるいは知らぬ振りをしたのか。

バスタブに熱い湯を満たし、体を漬けた。

疲労は、体内で濃度を高めていたが、頭の芯だけが熱っぽかった。

傀は両掌に汲んだ湯で顔を洗った。体が暖まったせいか、止まっていた鼻血が数滴こぼれ、湯の中でふわりとピンク色の雲をつくる。

コックをひねり冷たい水を出すと、手を冷やし鼻梁に当てた。同様にして、今度は脚の痣を冷やす。交互にくりかえすと、鼻血はやがて止まった。栓を抜き、すっかりぬるくなった湯を流すと、傀は立ち上がった。シャワーで体を洗い、バスタオルを腰に巻きつけて、バスルームを出る。サイドテーブルに日本製の湿布薬のグリーンの箱が置かれていた。

ベッドに腰かけて、説明書を広げた。

八歳から日本を離れていても、傀は日本語の読み書きができる。彼の育ての親だった、桐生敏男は移民の一世で、日本人であることにこだわり続け日本の雑誌や本を定期的に購読していたのだ。おかげで、傀も自分の目では見なくとも、ある程度、日本の事情には通じていた。

また、KIKUという名のテレビ局が日本で制作されたプログラムを放映していて、時代劇からホームドラマまで見ることができるのだ。

ハイスクールを卒業してから三年間、傀はアメリカ本土を放浪した。傀が気に入ったのはニューヨークとラスヴェガスだった。

静かで平和なカウアイと違い、このふたつの街には二十四時間、街が生きている感覚がある。

東京も似ている。

二十一の年に、桐生敏男が脳溢血で倒れ、本土から呼び戻された。敏男は七年前に妻を亡くし、家族と呼べるのは、養子の傀と、農園経営のパートナーである、テッド・ヘインズの二人だけであった。

寝たきりの身となった敏男の面倒を見ながら、農園の管理をする日々が四年続いた。

その敏男は、日本時間で八日前に死んだ。

敏男が死んでやっと、傀は日本に来る決意をしたのだ。

目的はただひとつだった。

花木達治を殺すことである。

その目的のために、傀は十六のときから体を鍛えてきた。ラリーに格闘技を仕込まれ、カウンティ・シェリフでもあるテッドに射撃を習った。

そして、ようやくその技術を試す機会が訪れようとしている。

傀は湿布薬のセロファンをはがし、太腿に貼りつけた。

火照った肌に冷んやりとして気持がよい。

備えつけの冷蔵庫からビールをとり出して、キャップを指で外すとラッパ飲みした。

気分を和ませるためにグラスが欲しかったが、日本の税関がひどく神経質だと聞き、持ってこなかったのだ。

ビールを飲み干すと、ベッドの毛布をはぐり下半身を入れた。腰からタオルを取り、ライティングテーブルの方に丸めて放り投げる。

「グーロ」で会った麻美という女のことが、傀の気になっていた。

麻美は一体、何者なのだろうか。

傀が花木達治について持っていた知識は、ロッポンギという街で「華」という名の麻雀クラブを経営しているということだけだった。

しかし、今日の麻美の話からうかがう限り、その情報を得た頃に比べ、花木達治の身には、かなり大きな変化があったと見てよさそうであった。

すべては明日だ。

ベッドランプを消し、傀は、カーテンのすき間からもれる東京の灯に目をこらした。

あの灯のどこかに花木はいるのだ。

2

ベッドの端に両脚をひっかけた姿勢で八十九回目の腕立て伏せを終えた時、部屋の電話が鳴った。

両脚を縮め、パッと立ち上がって傀は受話器を取った。

「ハロー、ミスタ・カイ？」

陽気で気取った声が傀の耳に飛びこんだ。

黒人の喋り方だ、傀は思った。

「そうだ」

英語で答えると、声の主はいった。

「ラリーから頼まれたんだ、ハワイの海じゃ毎日カジキと格闘してるって話のラリーさ。わかるだろ」

「わかるよ。どうすりゃいいんだ」

「会わなきゃな。会わなきゃお互い、話にゃならねえ、そうだろ兄さん」

「オーケイ、だけど俺はまだ日本の地理に詳しくないんだ」

「簡単さ。この国の鉄道は世界一親切なんだ。トウキョウ駅ってところまで行ってヨコスカ行きの切符を買う。それで電車に乗ればいい。あとは箱があんたの尻を俺っちのところまで連れてきてくれらあ。ヨコスカに着いたら、誰でもいい、そこらを歩いているアメリカ人を摑まえて『スターライト』って店の場所を訊きな。教えてくれるはずだ」

「ヨコスカの『スターライト』だな」

「そう。急いでくれよ、俺は三時からザマで取引きがあるんだ」

「ザマ?」

「ヨコスカと同じで、U・S・フォースのベースがあるところだよ、兄さん。じゃあ待ってるぜ」

傀は時計を見た。午前十時四十分だった。

電話をいったん切り、ルームサーヴィスの番号を回すと、グレープフルーツジュースにベーコンエッグス、トーストを注文した。

それから腕立て伏せに戻る。

腕立て伏せを百回終えると、今度は腹筋だ。

五十回を越えたところで、ルームサーヴィスの朝食が運ばれてきた。

伝票にサインを済ませ、腹筋を続ける。

これも百回に達したところで、バスルームに入った。太腿の痣はピークのようだ。熱はひいているが、真っ黒になっている。

熱いシャワーを浴びて、ざっと体をぬぐうと、素っ裸のままカーテンを開いた。

昼間のあいだずっと眠っていた昨日は、見ることのなかった東京の市街が広がった。

空は青いのだが、ハワイの快晴を知っている傀にはどこかすっきりしない晴れだった。

弱々しい日射しの下を、一様に地味なスーツを着た男達の群れが行き交っている。

それだけの数のスーツ姿の男達を、ニューヨークの他では見たことのなかった傀には、異様な眺めだった。

グレープフルーツジュースをひと口飲み、トーストを口にくわえた。

ウェルチのジュースなのだろうが、やたら酸っぱくて甘味がない。

朝食をひときれ残さず平らげた。養父の桐生敏男が亡くなってからは、日本に来るための準備と、その間の農園の運営のことでろくすっぽ夜も眠らず、食事も摂らない日々がつづいたのだ。

傀は最初、農園を共同経営者のテッドに買って欲しいと頼みこんだ。傀にとって、敏男が死んだ後の目的は、花木達治を殺すことのみだった。

ボストンバッグを開くと、昨日着ていたジーンズにウェスタンシャツを取り出した。上に羽織るものが必要だ。実際、昨夜の寒さに傀は震え上がっていた。

地下のアーケードで何か買えるかもしれない。傀はバッグの底からマカデミアンナッツの缶を取り出した。ビニールのキャップを開き、プルトップを引く。

友人のナッツメーカーに頼んで作らせたものだ。円筒型に巻いたドル紙幣が入っている。

両替をする必要がある。

ひと缶に四千ドルずつ、五缶がバッグの中には収まっている。同じ方法でグラスを持ちこむこともできたのだが、無用のトラブルを避ける方を選んだのだ。

傀は、昨夜持っていた円紙幣と合わせるとジーンズのポケットに突っこみ、部屋を出た。

テッドは農園の売却申し出を拒んだ。傀の日本での目的は、聞かずともおおよそ想像していたようだ。

オアフでサーフショップを経営する息子夫婦と、五十歳になる妻を家族に持つテッドは、最初から傀を家族同様に愛し、育ててくれた、根っからのハワイアンだった。

傀は、養父の敏男、そしてこのテッドとラリーの三人の男達によって育てられたのだ。敏男は寡黙な働き者、テッドはインテリで陽気、気さくな街の名士、そしてラリーはタフなスポーツマンと、それぞれタイプは違うものの、みなたくましい男たちだった。

ラリーにだけは、日本に行く目的を話してあった。ラリーは四十で、二メートル近い大男であるにもかかわらず、いまだに一ポンドの贅肉もない。

原地人かと見まがうほどに陽やけした顔をむっつりと頷かせて、自分にできることは何でもしようと傀に約束したのだ。

傀には資金が必要だった。そのために敏男から受け継いだサトウキビ畑をテッドに売ろうと申し入れた。初めは拒んだテッドも傀のかたい意志に妥協案を出した。

「必ず帰ってくる」という条件で、無担保の二万ドルを傀に提供した。その金は、傀が帰国したら再び農園を運営し、テッドに返さなくてはならない。

地下のアーケード街のスポーツショップで、傀はナイロンのスイングトップを買った。何の変哲もないスイングトップに、見慣れたゴルフウェアの商標がついているだけで、その値段は、傀が眉を吊りあげるほどだった。

ラリーの店で棚の隅に放りこまれているスイングトップなら、その三分の一で買える。

一階のフロントに上がると、ドルを円に両替した。交換レートは、昨日より円の方が高価になっていた。わずかだが。

キイを預け、傀はタクシーに乗りこんだ。

地図によれば、横須賀市までの距離は六十キロを越えるぐらいだった。道路事情もそれほど悪くないようだし、必要な場合はレンタカーを借りてもよいと、傀は思った。

東京駅で、駅員に確認して乗りこんだ電車に傀は子供のような興味と喜びを感じた。電車の中は、老人と子供が多かった。さほど豊かでもなく、といって困窮している様子でもない。

これが普通の人々の姿なのだ。

窓の外を河が流れ、煙突が過ぎ、工場地帯が駆け抜けてゆく。煙突群が吐き出す煤煙の濃さに傀は驚かされた。

そこには産業があり、人々が生きている証しでもある。しかし、その産業が吐き出す廃物で人々は自らの肉体を傷めつけてもいる。

約一時間で、列車は横須賀に到着した。

繁華街を目指して、駅を出、最初に目についたGI風の白人に傀は声をかけた。

電話の主のいった通り、「スターライト」は有名な店だった。白人の若者の指示通り道を行くと、傀はどぎついネオンや看板の立ち並ぶ一角に「スターライト」を見出すことができた。

古めかしい天蓋つきの入口はガラスの自動扉だった。筆記体で「Star Light」と描かれたショッキングピンクのネオンは死んでいる。

それでも扉の前に立つと、ガラスはすっと開いた。ヒットしているビートルズ・メドレーのディスコソングが耳に入りこんだ。

店の中は暗く、晴れていた屋外から踏みこんだ傀には、正面のバーカウンターと、片隅に押しよせられた布張りのボックスがぼんやりと見えるだけだった。

　平手を打ち合わせる、パン！　という音に傀は身構えた。

「ミスタ、カイ!?」

　薄闇の底から声がかけられ、傀は声のした方角をうかがった。

「そうだ、ラリーの友達か」

「昔の敵で今の友達だ」

　金の鋲を打った革のジャケットに、ホワイトジーンズをはいた長身の黒人が姿を現わした。頭にミッキーマウスのキャップをかぶっている。大きくつき出した造り物の耳が細長く黒い顔に、奇妙に似合った。

「俺はミッキー」

　傀が上を向けてさし出した右手を、パシッと平手で叩いて挨拶すると男はいった。

　暗いので年齢の見当はつかないが、おそらく三十五、六だろう。早口の英語は電話のものと同じだ。

「ラリーから話を聞いてる。まあ尻をおろしなよ」

　カウンターにかけてミッキーと名乗った黒人はいった。

「シャドウ！」

　ミッキーが不意に大声を出した。

　むっくりと、カウンターの内側から黒人の肥大漢が身を起こした。背丈は二メートル近く、胸や腹の厚さは傀の倍以上あろうという怪物だ。

ストレートをぶち込んだら手首まで埋まる——傀は思った。

「何飲む」

ミッキーが脚で、「スターズオン」に拍子を合わせながらいった。

「ビール」

「オーケイ、サーヴィスだ」

シャドウはむっつりと、身をかがめカウンターの内側の冷蔵庫からバドワイザーの壜を取り出した。

「シャドウ、俺はソーダ水だ」

いってミッキーは傀の方に向き直った。

「ラリーは元気かい」

「ああ」

キャップを指で捻ると、ビールをひと口飲んで傀は答えた。

「奴とは喧嘩仲間だった。半殺しにされたことがあるぜ。あのぶっとい腕で宙吊りにされたんだ。白目をむいて、ヨダレをたらしていたそうだ、この俺が！」

カウンターを平手で叩いた。

「よう、シャドウ、信じられるかい？　この俺がだぜ」

シャドウは無言で首を振った。

「あんたもマリーンにいたのかい」

傀の問いに、ミッキーは肯定とも否定ともつかない首の傾け方をした。

自分の身元を知られたくないのだろう、傀は思った。

「子供に釣りを教えてる」

「誰が？　ラリーが!?」

傀は頷いた。

「自分の子か？」

「いや、ラリーは独身さ」

「それにしても驚いたね。あのラリーが子供に釣りを教えてるとは。老いぼれたもんだ」

「老いぼれちゃいない。今でもあんたを吊るせるさ。ラリーなら」

傀は答えた。ミッキーが目を丸くする。

「ブーッ」

シャドウが吠えた。

「いいや、よしな」

左手を掲げて、それをミッキーが制した。

「そう、ラリーならできる」

「今でも贅肉は一ポンドもないぜ」

シャドウをちらりと見て、傀はいってやった。

「ブーッ」

「うるせえな、シャドウ。俺のソーダ水はどうした」

薄紫の泡だつグラスがカウンターに置かれた。

「ようし。さて、ミスタ・カイ、話をしようぜ。あんたの欲しいって代物は、この日本じゃ滅多に手に入らん。苦労したんだ」

「そのために、ラリーに頼んだんだ」

「オーケィ、わかった。品物を渡す前に約束だ。この国のサツは馬鹿じゃない。アメリカのお巡りとは別な意味でタフだ。それにしつっこい。お前さんがこいつで何をやらかそうと、俺は知らん。だが、絶対に俺の名は出すな。オーケィ？」

「オーケィ」

傀は頷いた。

「千ドル」

ミッキーが足元のバッグをひきよせた。

「高いな」

「特注だ。こっちじゃ闇ルートでもメーカー品しか手に入らん。本国のサクラメントじゃケイク・ディビスが生産してるそうだが、こっちじゃふたつを、バラしてつなぎ合わせるしか方法がなかった」

「わかった」

「そのかわりカートリッジ百発とビアンキのホルスターをつけたよ。本皮のメーカー品だ、どうだい？」

傀は右掌を出した。ニヤッと笑ったミッキーがそれをひっぱたく。

バッグを拾い上げたミッキーに傀は訊ねた。

「円か、ドルか」

「ふむ」

ソーダ水のストローに唇を当てて、ミッキーが考えた。

「本当は円が良いんだが、今はきれいなドルが必要なんだ」

傀は千ドルをジーンズのポケットからひきずり出した。カウンターの上に放る。

シャドウが拾って勘定した。無言で頷くと、ミッキーがバッグをカウンターにのせ開いた。

「凄え銃だ、コルトのパイソンとS&WのM19を組み合わせるなんて誰が考えたか知らねえが、頭の良い野郎もいるもんだぜ」

『スマイソン』

同じ三五七マグナムを発射するリボルバー拳銃でも、アクションの良さを誇るスミス&ウェッソンM19のフレーム、そして命中精度とタフネスを誇るコルトパイソンのバレル、そのふたつをつなぎ合わせたのが、スマイソンである。

銃身はパイソン。シリンダー、フレーム、グリップはM19。

二挺(ちょう)の銃の奇妙なハイブリッドがこの銃であった。

「銃身は四インチ、グリップはアダプターを組み合わせたラウンドバット・フレーム。バランスも最高だ。カートリッジはウィンチェスターの三五七マグナム」

銃はウェストホルスターに収まっていた。

傀は引き抜き、ラッチを押してシリンダーを開いた。よく磨(みが)かれ油もさしてある。動作は滑(なめ)らかだ。

空のシリンダーをフレームに戻(もど)し、ハンマーを起こした。カチリという確かな手応(てごた)えと共にシリンダーが回る。

トリガーを絞(しぼ)った。わずかな遊びもなく、軽い抵抗(ていこう)と共にハンマーが落ちる。

右手に構え、トリガーガードの部分に軽く左手をそえる姿勢で、今度はダブルアクションでトリガーを引く。

ハンマー、シリンダー、共に動作は滑らかだ。

「気に入ったよ」

傀がいうと、銀色のパッケージに入っていたクールを掲げて、ミッキーは頷(うなず)いた。

「バッグはおまけだ。中に入れて運ぶといい。一体、何をやらかすか知らないが……」

ソーダ水をひと口飲む。

「ミスタ・カイ。シドニー・ポラックの映画見たかい？」

「いや」

銃をバッグにおさめ、箱に詰まったカートリッジを点検する傀にミッキーが訊ねた。

「『ザ・ヤクザ』ってのさ。ヤクザってのは日本のギャングのことだ。アメリカの連中に比べると我慢強くて執念深い。ロバート・ミッチャムとケン・タカクラが主演したんだが無気味な映画だった。銃の扱いは誰に教わった、ラリーか？」

「いや、ラリーは銃は嫌いだ」

傀が答えると、ミッキーは満足したように頷いた。

「そう、ラリーは銃が嫌いだった。それが原因で俺と奴は喧嘩したのさ。だから今度のことで俺に銃の調達を頼むんでも、決心が要ったと思うぜ」

傀はミッキーを見やった。いかにもギャング然としたこの男にしては真面目な口調だった。

カートリッジの箱をバッグに入れ、チャックを閉じる。

「ラリーはいい男だ」

誰にともなくミッキーはいった。そのミッキーを見すえて傀はいった。

「いつかカウアイに行くといい。でっかいカジキを釣るトローリングに招待してくれるだろう」

「俺が？」

ミッキーは両手を広げた。

「この俺にこれ以上陽にやけろってのか」

舌をわざとらしく鳴らしてみせた。

「そいつはよくねえ冗談だ」

傀は口元だけで笑ってみせた。ミッキーが右掌をさし出す。

「じゃあな、兄さん」

その掌を叩いて、表へ出た。

「スターライト」は静かで、まるで夜の底にいるような気分だったが、外はまだ真っ昼間だ。

傀は目を細め、大きく息をつくと、ずしりと重みのあるバッグを手に歩き出した。

東京駅に着くと、タクシーに乗り換えTホテルに戻る。

洋服を着換えて食事を済ましたら、麻美に教えられた住所の街を下調べするつもりであった。

教えられた家で、花木に会ったらどのように殺すかを、傀はまだ考えていなかった。

銃――特にこのスマイソンの扱いには慣れているつもりだが、相手を花木と確認していきなり撃つのも考えものだった。

それではまるで殺し屋である。

ミッキーがいった日本のヤクザ――花木は彼らと深いつながりがあるのだろうか。

明るいグレイのスーツに黒のニットタイをしめ、Tホテルのダイニングで傀はひとりきりの食事を摂った。

パートナーのいない食事をさほど苦痛には感じない。八歳で実の親と別れ、ハワイに渡航したのだ。初めのうちは、言葉も習慣もちがう土地でつらい日が続いた。暗く、とじこもりがちになる自分をアウトドアライフの世界へひっぱり出してくれたのがラリーだった。

「タフになれ、男はタフだ」

西部劇に登場するジョン・ウェインのような口振りで、ラリーは傀をしごいた。どんなにつらくとも弱音を吐かず、ジョークで笑ってみせる余裕をラリーは持っていた。

体と、生きていくための知恵を磨いた傀は、自らそれを試すために、本土へ旅に出たのだ。

ニューヨークとラスヴェガスに一番長く居た。それぞれ一年ほど住んだ。危険な目にも会い、孤独も嫌になるほど味わった。しかし、その孤独は傀にいわせればまがいものだった。人はどこか帰って行ける場所を持つ限り、本当の孤独には陥らぬものなのだ。

敏男を亡くした今でも、傀にはテッドとラリーが居た。

女も愛した。ニューヨークではとうのたった元踊り子の女子大生と一緒に暮らした。チャイニーズと白、黒が混じった、気持のいいカラッとした女だった。

今はマンハッタンのどこかのオフィスで恰好のよいヒップをスーツに包んで働いてい

るだろう。

ラスヴェガスではブラックジャックに熱くなった。一文無しになって、ホテルのボーイをしたこともある。

それでも、いつも忘れなかったのは花木達治だった。養父の敏男がいなければ、いつでも日本に行って花木を殺そうと試みていたにちがいない。

花木は父親の仇だった。十七年前、彼は傀の父親を殺したのだ。そして今でも、暗黒街とつながる人間であることは、昨夜のヤクザが花木の名を知っていたり、自分は花木を殺すつもりだといっても、麻美がさほどの驚きを示さなかったことで想像がつく。

簡単ではないだろう。しかし、どうしてもやるのだ。

胸の裡で決意を新たにしながら、傀はまだ人の少ないホテルのダイニングで、フォークを口に運んでいた。

食事を終え、信じられぬほど濃いコーヒーを傀は飲んだ。

麻美は夜十時以降に、住所の家を訪ねろといった。十時まであと四時間近くあった。

部屋に一度戻ると、ミッキーから買ったバッグを開いた。

スマイソンのシリンダーを開き、箱から取り出した三五七マグナムの弾丸を装填する。金色の三センチ強の薬莢、そして銅色の星型が鉛に埋まった弾頭は八ミリほどつき出している。手の平に握ると確かな重味があった。

一発ずつシリンダーに押し込むと、シリンダーを閉じる。拳銃弾としては四十四マグナムに次ぐ大破壊力を持った弾丸である。三五七マグナムを発射する場合、決して人混みの中で射ってはならないといわれている——テッドの言葉だった。

弾速が速く、エネルギーが大きすぎるためターゲットを撃ち抜いて、他の無関係の人々をも傷つける可能性がある。

テッドは射撃の名手で、ホノルル市警のポリス・コンバット・シュートのインストラクターを務めていたこともあるのだ。

ビアンキのホルスターを左腰にとめた。ホルスターで銃を吊るのは初めてではない。コンバット・シューティング・マッチには幾度も出場している。

しかし、愛用のホルスターも銃も日本には持ってこられなかったのだ。銃はスマイソンの六インチだった。

考えてみればホルスターだけなら持ちこめた——傀は唇をかんだ。

今さら後悔しても始まらない。

銃を差し、上着をきるとバスルームの鏡に写した。

わずかにふくらんでいる。しかし拳銃を携行する市民のいないこの国では殆んど見破られないだろう。

ホテルで買った東京都の地図を開いた。帰りはともかく、行きはタクシー以外の交通機関を使ってみようと思っていた。

地図によれば、教えられた住所に近い公共交通機関の駅は国鉄線と地下鉄であった。

この他に都営バスもあるのだが、路線図の複雑さに傀は放棄した。

どうやら一番簡単なのは環状に都内を走っている国鉄山手線を利用する手段のようだ。

Tホテルからさほど遠くない位置に有楽町という名の駅があり、そこから十個目の原宿駅で降りれば良い。

原宿という駅名に傀は記憶があった。アーケードのブックストアで買った日本語版の東京ガイドブックによれば、ブティックやカフェテラスが軒を連ねる若者向きの繁華街であるという。

まして週末の土曜日である今日は、人通りが激しいにちがいない。

昨夜行った六本木という街も、ガイドブックによれば盛り場であると書かれていたが、どうやら原宿とは少し趣きがちがうようだ。

傀は強い興味を感じた。東京の若者は、ハワイで育った彼とはまったく異なる感覚で都市生活をエンジョイしているようだ。

六本木で見たきらびやかなネオンや高級車、その大半がごく普通の若者達のためだとしたら、東京は若者にとって天国のような都会にちがいない。

しかしそれは、傀が日本の週刊誌やテレビプログラムで知った「受験地獄」という言葉によって表わされる過当競争からは想像もつかぬ姿だった。

どちらが本当の東京なのだろう。

ホテルを出て、国鉄線の駅に向いて歩き始めながら彼は理解に苦しんでいた。あるいはそのどちらも正しい東京の姿なのかもしれない。そしてそれは、とりもなおさず東京が、傀の感覚で〝丸のみ〟するには、あまりに巨大な都会であるという事実の証明なのだろう。

傀は明治通りと表参道が交差する一角に立った。若者が異様に多い。あのネクタイ姿の地味な男達と、同一国民なのかと思えるほど、思い思いの恰好をした若者が多かった。

白人、黒人の外国人も人通りに混じり、一様に無表情で慣れた足取りを運んでいる。ガラス張りの華美なビルや、洒落たカフェテラスから路上に流れ出している音楽は皆、傀が聞きなれたアメリカのポピュラーソングだった。最新のディスコヒットや、フュージョンサウンドも混じっている。

テレビプログラムには日本の歌謡番組もあった。にもかかわらず、若者達は外国語の歌声に異和感を抱く様子もなくとけこんでいる。

彼らは楽しげで、しかも昨夜と同じように幼なく見えた。

傀はメインストリートに面したガラス張りのカフェテラスに入った。

東京は驚くほどカフェテラスが多く、しかもその程度に関係なく飲物が高価だった。何の変哲もないアメリカンコーヒーが、換算すれば一ドル以上になるのに、傀はたまげた。

しかも十代と覚しき少年少女たちが当り前の表情でそれを飲み、煙草を吹かしている。

彼らのバックに流れているのは、ボズ・スキャッグスやドゥービー・ブラザースの最新アルバムの曲だ。

日本のカフェテラスでありながら、日本茶を置いていないのも、傀には奇妙だった。

何も入れない紅茶を前に、傀は地図を開いた。この時間を利用して、東京の地理を頭に入れておくつもりだったのだ。

三十分ほどして傀は地図から顔を上げた。

向かいの席にすわる十八、九と覚しき娘の二人連れが傀の方を熱心に見つめていた。

目が合うと、素知らぬ振りをする。

笑ってみせれば良いのに――傀は思った。

美的基準はともかく、白人種の女達を見慣れてきた傀の目には、可愛らしくうつる顔立ちをしている。

目を窓の外に転じた。既に暗くなっており、ヘッドライトが流れている。

ときおり、けたたましい音をたててスポーツタイプの車が走りすぎる。五十年代のロックンローラーのような頭をした幼い少年達が乗りこんでいるのだ。

エネルギーだけは溢れている。しかしそれほど粗暴にも無軌道にも見えない。ニューヨークのブロンクスやハーレムの若者達に比べれば彼らは平和で、温厚であるとすらいえる。何よりも豊かだ。

これから殺人を犯そうという傀に比べてもそうなのだ。

午後九時四十分。原宿の街の灯はほとんどが落ち、人通りがめっきり少なくなっていた。

カフェテラスの客も今では数えるほどしかいない。

傀は立ち上がった。腰に差した拳銃のグリップが脇腹を押す。

勘定をすませて外に出た。冷ややかな風が髪を乱す。

破り取ってきた地図をスラックスのポケットから取り出してひろげた。

麻美から教えられた住所はそこから歩いてすぐのあたりである。

傀は見当をつけて目抜き通りを折れた。コンクリート塀のつづくそこは、住宅街に変わった。傀の知らぬ種類の樹木が枝をはりめぐらせ、アスファルトの路上に葉を落としている。

電柱には街灯が備わり、決して通行を困難にすることがない。並ぶ住宅の街からは、暖かな光が漏れている。

表参道を行き過ぎる車の騒音が低くなった。かわりにテレビの囁きや、低い、言葉の判別ができない話し声が耳に流れこむ。

傀は妙に落ちついた気持になっていた。この街は初めて訪れる街であり、傀にとっては異国同様のそのたたずまいが、彼をそんな気分にさせるとは意外だった。

住み慣れた街の家路を辿っているような――そんな心地がしたのだ。

電柱の住所表示を追って歩くうちに、やがて彼は目指す家を捜しあてた。

二百平方メートルぐらいか、さほど大きな家ではない。ブロックの塀で包まれ、周囲の住宅からは一段高く建っている。左隣は、小さいが洒落た感じのする美容院で、夜間は無人なのか灯りが消えていた。右隣は空地で駐車場になっている。

傀は駐車場を見た。玉砂利をしいた一角には、見慣れたフォーミュラやトランザム、ベンツなどの高級車が駐まっている。赤のジャガーの姿はなかった。

予期しなかった、軽い失望の念があった。

車一台が通るのがやっとの家の表側の道は一方通行路になっている。

花木を撃ったあと、タクシーを拾ってすぐに逃げ出すというわけにはいかない。

表通りから傀の脚で七、八分はかかる距離に奥まっている。

そのあたりが東京の繁華街の中にあって、古く落ちついた住宅地であることが傀にもわかっていた。こういう地域の住民は遵法精神に富んでいる。銃声が聞こえ、もしそれが銃声だとわかればためらわず警察を呼ぶだろう。

仕方ない、傀は思った。たとえ法の裁きをこの日本で受けることになっても、花木を殺す行為をあきらめるつもりはなかった。

コンクリートの階段を昇った位置に、表札と住居表示、鉄の門があった。

「大島ハウス」

住居表示は麻美の書いたものと一致した。

赤い豆ランプが点いたインタフォンを彼は押した。

「……はい」

老婆のものと受けとれる声が応答した。

「麻美という女に教えられて来たんです。花木さんにお会いしたいのですが……」

「お待ち下さい」

インタフォンはそれきり沈黙した。傀は門の奥をうかがい見た。

丈のそう高くない木が繁って、その家の玄関までの視界を阻んでいる。不意に繁みの彼方が明るくなった。

玄関灯をつけたようだった。

扉の開く音がして、繁みの中から初老の女が姿を現わした。厚手のセーターに質素な木綿のスカートをはいている。

「あなたは？」

「桐生といいます」

女は門をへだてて、傀を誰何した。傀が答えると女は黙って鉄の門扉を開いた。

「どうぞ……」

傀は女に従って歩いた。

家はごくありきたりの鉄筋コンクリート住宅の外観だった。庭と覚しき部分に面した部屋には大きなガラス窓がはまっているが、灯は入っていない。庭にも、コンクリートで塗り固めた小さな池があったが、暗い水は淀んでいた。

「靴はお脱ぎにならなくてよろしいです」

白髪まじりの頭をひっつめた女は、傀にそういって、家の中へ導いた。

玄関は洋式の造りで段差がまったくない。

「こちらへ」

板張りにカーペットを細長く張った廊下を女は折れた。天井は意外に低く、深夜のような暗さと静けさを家は保っている。

前を歩く女の背は、傀の胸までほどしかない。

先に立って暗い部屋に入ると、女は灯りのスイッチに触れた。部屋の天井中央に吊られたガラスのシャンデリアが点り、傀はそこが庭に面した部屋であることを知った。

部屋は広い。テレビで見知った畳張りの日本家屋とはちがう。厚手のカーペットをしきつめ、木製の広いテーブルが中央にあった。

布を張ったソファが二点ずつ、四隅におかれている。ソファにはさほど大きくないサイドテーブルが対になり、大理石の灰皿がきちんと置かれていた。

ヨーロッパなどで見る会員制のクラブの談話室のような趣きだ。

「ここでお待ちを……」

いって女はしりぞいた。傀はソファに腰をおろした。正面にリトグラフがかかっている。

テーブルの一隅に、バーセットが置かれていた。五種以上のウイスキー、ジン、ブランデーが首を並べていた。ピッチャー、アイスバケツ、グラスもそろっている。

傀は腕時計を見た。十時を数分すぎている。家の中は静まりかえっている。

「お待たせしました」

五分たたぬうちに、女が再び現われた。

「こちらへ」

再び傀は女に誘われて、家の奥へと進んだ。最初に辿ったのとは別の廊下の奥に、明るい小部屋があった。

コンクリート壁がむきだしの殺風景な部屋だった。壁の右手がスティールドアになっている。

そのドアが内側から開いた。

「どうぞ」

体格のいい黒の上下を着た男が中からいった。

ドアの奥がエレベーターになっているのだ。傀は女を見た。女は無表情だった。

傀は覚悟をきめて、男の操作する箱に乗りこんだ。

男は傀より五、六センチ低いが、横幅は負けず劣らずがっちりしている。

「参ります」

ちらりとも傀に目を向けず、男はいった。

エレベーターが下降した。

わずかな下降だった。箱が動きをとめると、男は扉を開いた。

扉の果てにあるものは傀を驚かせた。

グリーンのクロスを張ったテーブルがいくつも目に飛びこんできた。そして、幾度も聞いた、回転盤（かいてんばん）の音。

カードがシャッフルされ、玉が回っている。

何十人という人間達の、歓喜と失望のざわめき。

そこはカジノだった。

3

男の声で傀は我に返った。

「チップを……」

振（ふ）り向くと、男は部屋の左手を指していた。ラスヴェガスのように、鉄格子（てつごうし）で守られた小部屋に窓口がある。

部屋は地上の家から想像もつかぬほど、巨大（きょだい）で豪華（ごうか）だった。正面にバーカウンターがのび、中央にはルーレット台、左手にカードテーブルが四台、そして右手には同じカードテーブルでもバカラのための大型テーブルが二つ。

おそらく左手の四つはブラックジャックだろう――傀は思った。

鈴が鳴った。ルーレット台のディーラーが鳴らしたのだ。盤を左手で回し、玉を投げこむ。

カラカラという乾いた音が響いた。四十人以上の人間が、部屋の中にはいる。

銀髪の白人や金髪の女達も混じっている。

モナコのような着飾り方はしていない。しかし、みな上衣は着ている。女達にもパンツルックはなかった。

客の大半を占める日本人の男女も、一様にスーツかワンピース姿だった。あるていど年を経ていて、傀のような若者の姿はない。

賭博は日本の法律では禁じられているはずだ。それでもカジノの味を一度知ると、そこを忘れるのは簡単ではない。ここにいる人間達はみな、その味を捨てられず、尚、ここで遊ぶだけの経済力を持っているにちがいない。傀は思った。

傀は分厚いカーペットを踏んで、窓口に近づいた。タキシードを着た屈強な男が二人、その横になにげない様子で立っている。

一万円札を十枚抜くと、窓口にすべらせた。十枚のチップが返ってくる。

「花木さんは？」

タキシードの男に訊ねた。男は室内に配っている視線を外さず答えた。

「まだお見えになりません」

傀は肩をすくめ、チップを手にすくいとった。

カジノに足を踏み入れたのは四年ぶりだった。室内を見渡すように、立ち止まった。腰の銃の重みを忘れるような疼きが胸の裡にあった。

ルーレット台でナンバーが声高に告げられた。集まる人々がどよめく。

アルコールと煙のたちこめた空気を天井の四台の換気扇が浄化しようとかき回しているが、効果はさっぱりのようだ。

そしてその濁った空気が傀の心を刺激するのだ。

傀は中央のルーレット台に歩み寄った。

囲むようにしてすわる客達の背後から盤をのぞく。ルーレット台に一番多く、外国人が集まっていた。白人の男女が四組、中近東の顔立ちの男と東洋人の女の組み合わせが三組だ。男女の比率は三対二ぐらいだろう。

盤はゼロから三十六までに刻まれているヨーロッパタイプだった。アメリカタイプだとこれにダブルゼロ（00）が加わる。

思いついて、傀は麻美が教えた上の家の住所である、三つの数字にチップを一枚ずつ置いた。

初めての台でやる場合は、数回は様子を見るのだが、今回はギャンブルが目的ではない。ほんの遊びのつもりであった。

やがてディーラーが玉を拾い、盤を回して投げこんだ。

チップをもう張れないという、タイムリミットの鈴が振られる。

回転盤が止まり、ディーラーが数字と色を叫んだ。

外れだった。三枚のチップはもう一人のディーラーの手でかき集められる。

傀はルーレット台を離れた。室内を見渡すが、花木と覚しき新来者の姿はない。

残った七枚のチップを手にカードテーブルを眺めた。バカラは賭金が大きくなる。ギャンブルが目的ではない限り、近づかぬ方が無難だ。

四つ並んだブラックジャックのテーブルを見た。タキシードを着た四人のディーラーが札を送っている。鮮やかな手つきはラスヴェガスのプロと比べても劣らない。

ラスヴェガスのカジノにも日本人のディーラーがかなりの数いたのを傀は思いだした。

左端のディーラーに傀は目をとめた。

若い。二十六ぐらいか、傀と同じ年代だ。

このカジノの従業員の中では、最も若い男だった。いやらしいぐらい、きっちりとタキシードを着こなしている。

傀は近づいた。テーブルの五つのストゥールの中央が空いたばかりだった。

腰をおろす。ディーラーがちらりとこちらを見た。

面に怪訝な色が浮かぶ。

傀はチップを一枚おいた。

無言で頷くと、ディーラーは札をまいた。

最初に自分の札を開く。

そのクラブの6を見ながら、傀は自分の札をのぞいた。ハートの8だった。

次のカードが届く。スペードのジャック。

絵札を10、エースを11または1と数え、21に近い者が勝ちとするこのゲームでは、21をこえてしまえばアウトだ。

18ならばそれほど低い数字ではない。まして親のさらした札が6ならなおさらだ。

案の定、親は二枚ひき、21をオーバーした。チップが倍になって戻る。

倍になったチップに手を触れず、傀は次のカードを待った。

ハートの5、ダイヤ9ときてためらわず次をひく。クラブの7で21。親はハート9、スペード10の19。

またしても勝ち。

四枚に増えたチップを一枚残してひいた。

親がハートのクイーン、傀の最初の札はスペードのキング。

まずかったかな、一瞬そう思った。しかし、親がエースをひき、客の賭金をさらう。

「飲み物はいらないの……」

不意に耳元で囁かれ、傀はふりむいた。

麻美が立っていた。白の光沢のあるワンピースを着ている。香水がかおった。

「今は……」

「そう」

傀が答えると、麻美は軽く小首をかしげて頷いた。

カードテーブルに目を戻した。シャッフルしたカードを手にディーラーがじっと見つめていた。

色白のハンサムな男だった。頰に、今までなかった血の気がうっすら昇っている。

一瞬だが、その眼にけわしい色があったのを傀は見たような気がした。

麻美のせいか。

傀は二枚のチップをおいた。

ダイヤのエースが届く。麻美は、傀が持ちあげたそのカードの端を無言で見つめた。

エースは悪くない。

親は9を見せた。傀に次のカードが届いた。クラブの5——悪い数だ。考えて、もう一枚取った。ハートの10。結局、目は変わらない。16。

親は9をもう一枚ひいた。

チップがさらわれる。

傀はまた二枚おいた。

その回は傀がクラブの9とダイヤのクイーン、親の見せたカードはハートの9。

悪くとも同じ目、そう読んだのが外れた。

親が次にひいたのが、クラブのエース、20対19、傀の負け。

傀の唇に笑みがのぞいた。ディーラーを見上げる。ディーラーは無表情だった。

「このテーブルのリミットは？」

傀はディーラーに訊かず、麻美にわざと訊ねた。

「五枚よ」

傀は残った五枚をすべてテーブルにおいた。ディーラーが集めたカードをシャッフルし、山を傀の前にさし出した。

カットしろという意味だ。傀は一番上の一枚だけを人さし指でずらした。

その一枚を下に入れ、ディーラーは札をまく。

勝負はあっけなかった。親がエース・ジャックでチップをさらった。

傀は軽く頷いて、ストゥールを降りた。麻美は黙って見守っているだけだった。

「熱くならないのね」

「ギャンブルするために来たんじゃないからね」

麻美は薄く笑った。

「花木はどこにいる？」

傀は麻美に向き直っていった。麻美が小さく首をふった。

「知らないわ、でもこの時間に現われないのなら、今日はもうきっと来ないわね」

傀の目が鋭くなった。

「君はここに来れば会えるといった。だから俺は来たんだ」

「会えるかもしれないといったのよ」

「ここは花木の何なんだ」

「あっちへ行きましょ」

麻美は傀の左肘をとらえた。バーカウンターに促す。

あの若いディーラーが札をまきながら、つき刺すような鋭い視線をさし向けているのを傀は感じていた。

カウンターに腰をおろすと、麻美はいった。

「ワイン。あなたは？」

「ウォッカライムだ」

すべるように近づいてきたバーテンダーに傀はいった。腹の中ではりつめていたものが崩れ、失望と怒りに変わろうとしている。

「酔いつぶれる気？」

揶揄するように麻美がいう。傀はその涼しげな瞳をのぞきこんだ。

「いいや、この飲み物が好きなんだ。あんたはまだ俺の問いに答えてない。この地下カジノは、花木の何なんだ」

「大きな声は出さないで。いったでしょ、花木の持物のひとつよ」

傀は太い息を吐いた。出されたグラスをつかんで喉に流しこむ。熱い流れが胸に広がった。

「オーケイ、じゃ花木にはどうしたら会える、そいつを教えてくれ」

「さあ。私は花木の保護者じゃないわ、そこまでは知らない」

「じゃあ、あんたは花木の何だ。女か？」

麻美は唇を閉じたまま、鼻で笑った。

「いずれわかるわ」

「俺が花木を殺せばね。あんたはそういったな」

「そうよ。でもここでそんなことをいえば、あなたが先に殺されるわ」

「だろうね」

いって傀はカジノの中を見回した。

「どうやら俺はあんたを信用しすぎたのかな、殺されても仕方あるまい」

「殺しはしないわよ、今日は」

「花木は俺のことを知ってるのか」

その質問は、麻美の不意を突いた。黙った麻美に、傀は追い打ちをかけた。

「知ってるから来なかったのかい。花木ってのは、そんな臆病な男かい」

「……帰る？」

麻美は強張った顔で訊ねた。

「ああ、帰るよ。どうやら長居しすぎたと思い始めた」

傀は腰をあげた。

「出口はそっちじゃないわ」

降りてきたエレベーターの方に脚を向けようとした傀の腕を押さえて、麻美がいった。

バーカウンターの横にタキシードの男が一人立っている。

そちらを指した。

「こっちよ、入口と出口は別なの」

先に立って歩き始めた麻美がいう。彼女が近づくと男は道をあけた。

「どうもありがとうございました。麻美様お気をつけて」

慇懃に腰をかがめる。その仕草に、傀は「グーロ」の老ウェイターを思い出した。

男の開いた扉の向う側がエレベーターホールだった。

麻美と傀は箱に乗りこんだ。来たときと同じようなダークスーツの男がエレベーターを操作している。

「あんたも帰るのか」

傀は麻美に言葉を投げつけた。

「私はギャンブルが好きじゃないわ。人生そのものが大きな賭けだと思ったら、お金のとり合いになんか興味は感じない」

傀は手を振った。

エレベーターが昇ったのは、小さなビルと覚しき建物の一階だった。オフィスのような造りになっている。ダークスーツの男は先に立って、出口に誘導した。

どうやらそのビルは、入口の家とは背中合わせに建っているようだった。

そのビルも両脇は、夜間に人のいないカフェテラスと学校が固めている。

深夜になると、人通りがまったく絶えてしまう一角のようだ。

麻美はカフェテラスの駐車場に向かって歩き出した。ほの赤くジャガーの車体が闇に浮かんでいる。

ヒールがアスファルトにあたる音が響くほどの静けさ。

花木を臆病者と呼んだことに、麻美は腹を立てているようだった。

「乗っていく？」

だが、ジャガーのドアを開けて訊ねたときにはその怒りもやわらいでいた。

傀は無言で助手席に乗りこんだ。

頭から突っこんでいたジャガーをバックターンさせると、麻美は発進した。

「なぜ、花木を殺そうとするのか訊きたくなってきたわ。あなたのような若い人が……」

ヘッドライトが流れる幹線道路にのると、麻美は口をひらいた。

「年寄りが彼を殺そうとするのなら、あんたは納得できるのかい」

「そういう意味じゃない……」

左手で煙草をひきよせて、麻美は答えた。

ライターで火をつけ、煙を形のよい唇から吐き出す。

「花木はあなたに何をしたの。きのう、あなたが彼のことを人殺しといったけど、あなたは正義の味方というわけではないのでしょ」

「もちろんさ」

「じゃ何をしたの」

「知りたいかい」

「そうね。でもあなたはそれを私に教えるほど私を信用していない——ちがう？」

「理由はどうあれ、俺が花木を殺そうとしているのは確かだよ。花木にとって危険な存在であることには変わりない」

「お金を貰って殺そうとしているのではないようね」

傀は笑い声をたてた。

「それに、花木を殺すためなら何でもするというほど逆上しているようには見えない」

「あんたを拷問しないから？　でも、きのうはヤクザを吊るした」

「ヤクザって言葉、覚えたのね」

「ああ」

「花木はヤクザじゃないわ」

「知ってる」

「どうして？　あんなカジノを経営していれば、たいていの人はヤクザだと思うわ」

「ヤクザってのはギャングのことだ。組織を持った——。花木には組織があるかもしれないが、ギャングだとは思えない。多分、ちがうと思う」

「あなたの勘？」

「勘――まあね」

「ハワイからわざわざ花木を殺しにきた。わからないわ」

「花木はわかるさ、俺と会えば」

「会ったらどうやって殺すつもりなの。きのうのように、吊るすの」

傀は答えない。

その間も車はTホテルに近づいていた。

「わからないのさ、会ってみなけりゃ。奴がどんな男だか、会ってみなければわからない」

「…………」

傀も覚えた、Tホテルのある通りに車が進入すると、不意に麻美がいった。

「ねえ、少しドライブしない？」

傀は麻美を見た。麻美は傀の方は見ず、前方を注視している。

「いいとも」

「よかったわ、もう少しお話をつづけましょ」

ジャガーはTホテルの前を通り抜けた。左手に天皇が住むという屋敷を囲む、池が見える。

「池か」

　傀は暗い水面に目をやった。

「お堀(ほり)というのよ」

「白鳥か、あれは」

「そう」

「どこへ行くつもりなんだ」

「新宿(しんじゅく)って知ってる」

「高いビルのあるところかい」

「それに盛(さか)り場があるわ、男がいて女がいて、酒があるわ」

「きのうの街、ロッポンギと同じように？」

「そうね、でも少しちがうわ」

「ロッポンギは若者が多かった。日本の若者は金持ちなのだな」

「他(ほか)にすることがないのよ、東京は狭(せま)いから……」

「俺にはわからない」

　車は傀の勘では北に向かっているようだった。

「花木を殺したらどうするの、ハワイに帰るの」

「君や警察に捕(つか)まらなければ、ひょっとしたらね」

「帰らないかもしれない？」

「自分が変わるような気がする」

「キザね」

「キザ？」

「いいわ、わからなければ」

麻美は加速した。小さな信号を左折し、曲がりくねった道を抜ける。ときおり、ルームミラーに目をやることに傀は気づいた。

「どうしたんだ」

「尾けられているみたい」

「どこからだ」

傀は沈めていたシートから身を起こした。緊張が甦える。

「わからないわ、多分原宿からね」

「花木がさし向けたのかな」

「まさか、彼はそんなことしないわ」

「保証できるかい？」

「ええ」

すました顔で麻美はいった。

「俺を追っていないとすれば、あんただな」

「降りる？」

ハンドルを大きく切って狭い路地をくぐり抜けながら、麻美は訊ねた。

「今降りたら、首の骨を折るよ」

「じゃあ、もう少し待って」

広い通りに出ると、麻美はアクセルを踏み込んだ。激しいスキッド音をたてて、加速したジャガーは、信号が青に変わり発進したての車の群れの中につっこんだ。強引に道を開くと、先頭に立つ。

傀はふり返った。知らない種類の日本製の車が必死に追尾してくる様が見えた。刺激されたように左車線に二八〇Zが突っこんでくる。

「ダットサンのZだな」

「わけないわ」

三百メートルほど前方の青信号に麻美はアクセルを踏み込んだ。猛々しいようなエンジン音があがり、傀の背がシートに押しつけられる。

信号が黄色に変わり、右折車が道を阻んだ。傀はさっと麻美のハンドルを見た。唇をひき結んで、左手をトルコンレバーにかけると、シフトダウンしながらハンドルを右に切った。

尻を少し振った態勢で、ジャガーは交差点につっこんだ。後続の右折車のヘッドライトが迫り、クラクションが金切り声を上げる。

次の瞬間、ジャガーは右折車と右折車の間にできたすきまをすり抜けていた。

急制動の音が背後でひびき、Zと尾行車が鼻先を合わせんばかりにして、信号の手前でスピンして止まったのを、振り向いた傀は確認した。

次の信号も変わり目で突破し、一方通行路を右折すると初めて、麻美はスピードをゆるめた。

「降りる?」

「腰がぬけたよ」

傀は乾いた声でいった。

「そうね、ああいう運転は横に乗っている人間の方が恐いわ」

「死亡率も高い」

「ホテルに帰りましょうか」

「バーが開いてれば、生還に祝杯をあげよう……」

麻美は微笑して、ハンドルを切った。

「尾行車は、あんたを目当てにしてたようだが、理由は知ってるのかい」

「いいえ」

「それにしちゃ落ちついてるが、こういうことはいつも起こるのかい」

「いいえ、初めてよ」

「じゃあ俺達はラッキーだったということだな」

麻美は無言で頷いた。

やがてジャガーはTホテルに戻った。地下駐車場への通路を下る。

傀は時計をのぞいた。午前一時をまわっている。

「バーはしまっているかもしれない」

麻美がジャガーを空いたスペースにつっこむと、傀はいった。

「どうやら目当てはあなただったようよ」

それには答えず麻美がいった。傀は目を上げた。

見覚えのある日本製の車が、バックで入ったジャガーの鼻先で急停止した。

前部のドアが開き、男が二人飛び出すと、ジャガーの前に立った。

「降りろっ」

他に人影のない駐車場に男の声が響いた。二人ともジーンズをはき、ジャンパーを羽織っている。髪を短く刈り、がっちりとした体格だった。

「降りるんじゃないぞ」

ドアに手をかけた麻美にいって、傀はドアを開いた。

車から降りると男達と向かいあう。二人とも感情のない、冷たい視線で傀をとらえた。

「俺に何の用だ」

「いっしょに来て貰う」

左側に立っている男がいった。三十歳から四十歳の間だ。二人とも兄弟のように雰囲気が似ていた。

傀は一瞬考えて、ジャガーのドアを閉めた。

「何をしに」

左隣に駐車されたベンツに肩をもたせた。

「何もいわずいっしょに来い――」

身をひるがえしてベンツの後ろに傀は駆けこんだ。

男たちがパッとふた手に別れて回りこむ。

ベンツの左側に飛びこんだ男が傀と向かい合い、信じられぬといった表情で目をひろげた。

「おもちゃじゃない」

傀はいいきかせるようにいった。

「日本製のモデルガンは有名だが、こいつはちがう」

ベンツの反対側にいた男がさっと立ち上がって両手を構えた。

「やめろっ」

傀と向かい合っていた男が叫んだ。傀は体を投げ出すようにして床にころがった。くぐもった銃声が響いて、コンクリート柱が粉を弾く。向かい合っていた男の膝をすくい、傀は転がした。

後頭部を床に叩きつけた男が呻いた。

傀は体を前転させ、ベンツのバンパーをつかんだ。拳銃を左手に持ちかえ、右手で支えるようにして、立っているもう一人の男に発砲した。

強烈な銃声と衝撃が肩に伝わり、目標を失っていた男が両手両脚を広げて吹っ飛んだ。右手の銃が、男の体と共に着地して暴発する。

傀は立ち上がった。唇をかんで撃った男を見つめる。男はピクリとも動かなかった。胸が真っ赤に染まっている。

ゆっくりと銃を擬したまま近づいた。

「傀くん！」

麻美の声に、傀は振り向いた。膝をすくった男が銃身の短いリボルバーをベンツのボンネットにのせて構えていた。

体をねじったが遅かった。こちらを向いた銃口が火を放ち、左の脇腹に衝撃を受けた傀は、倒れている男の上に仰向けになった。

銃は放さなかった。男がベンツの向う側で立ち上がった瞬間、トリガーを二度絞った。衝撃が両肩に分散して伝わり、男の頭が吹き飛んだ。ベンツの隣に駐車された車の上に大の字になって叩きつけられる。

傀は尻もちをついた恰好で大きく息をついた。

二人を殺したのだ。

慌しい足音がして、傀は我に返った。

麻美が、男達の乗ってきた車に乗りこんだのだ。運転席のドアも閉めず、エンジンをかけてバックさせると、飛び出してきた。

「乗って、早く乗って！」

傀はのろのろと立ち上がり、銃をホルスターに収めようとした。だが収めたはずの銃が床に落ちる。

スマイソンを拾い、麻美にひっぱられるままにジャガーに乗りこんだ。すわって初めて、傀は呻いた。

ジャガーが乱暴に発進した。

「無茶よ、あなた。いきなり撃つなんて。もし相手が刑事だったらどうするの」

地下駐車場のゲートは無人だった。ジャガーは地上に躍り出ると高速で信号をつっきった。

傀はぼんやりと自分の左脇腹を見ていた。

ミッキーから買ったホルスターが消えていた。脇腹の部分だけ、上着のシャツが千切れ、のぞいた肌に血が滲んでいる。

スラックスのポケットからハンカチを取り出して傷口にあてた。頑丈なホルスターと咄嗟の身のかわしが、傀の身を救ったのだ。

「傀くんっ」

いらだたしげにいって横を見た麻美は息を呑んだ。

「撃たれたの!?」

「大丈夫、かすっただけさ。それにあいつらは警官じゃないよ」

体をのばして、傀はいった。

「どうしてあなたにわかるの」

「どこの国のお巡りでも消音器の付いた拳銃なんか持ちやしない。最初に撃った男が持ってたのはサイレンサーの付いたオートマチックだった」

「手当てをしなけりゃ」

「先にホテルに戻らなければ駄目だ」

「荷物?」

傀は頷いた。

「金と銃の弾を置いてある。見つかれば、警察に追われる」

「わかったわ、私が取ってくる」

麻美は車を寄せた。

「いや、俺が行く。キイを渡してはもらえんだろうから」

「馬鹿ね、その恰好で行ったらまちがいなく怪しまれるわ。もしあの二人の死体が見つかっていれば捕まるわよ」

傀は思わず英語で悪態をついた。

「大丈夫、私がうまくやるわ。何号室なの」

「チェックアウトはできないだろうから、金と弾だけを取ってきてくれればいいよ。弾はスーツケースの奥に入れてある。マカデミアンナッツの缶を持ってくるんだ——それが金だ」

「何号室?」

「一一〇八」

「待ってて——」

ハンドバッグをひきよせると、麻美はジャガーを降りた。麻美が車をよせたのは、昼間スーツ姿の男達で埋まっていたビジネス街の一角のようだった。

タクシーに手を上げる姿を、傀はルームミラーを調節して追った。

タクシーが遠ざかると、体をシートに深く沈めた。

なぜ麻美がこんなに自分に親切にするのか、傀にはわからなかった。だが今は彼女に頼るしかない。傀は怪しまれぬように、運転席に身を移した。

疲れが体を重くしている。初めて人を撃ち——殺したのだ。眠気はなかった。

十五分で麻美は戻ってきた。ミッキーがよこしたバッグを手に持っている。通りの反対側でタクシーを降りると、運転席に駆けよってきた。

傀はそれを認めると、再び助手席に身を移した。待っている間、行き過ぎる車はあっても、ジャガーを訝しむ者はなかった。

バッグを傀の膝に放り、麻美は車を始動させた。傀はジッパーを開いた。

一番上にパスポートがのっていた。その下にジーンズとシャツ、朝買ったスイングトップが丸めてつっこんであり、一番下にマカデミアンナッツの缶と銃弾の入った紙箱が入っている。

「着替えがいると思ったのよ」

ぶっきら棒に麻美はいった。

「ありがとう……どこへ行くつもりなんだ」

「一晩中、車を走らせているわけにはいかないわね。死体はまだ見つかっていなかったようよ。見つかれば大騒ぎね――さてと……」

信号で停車すると、麻美は煙草をくわえた。ライターの炎でうかびあがった、その整った横顔を傀は見つめた。

「変わってるな、あんた」

「……………」

「あんたの知り合いを殺そうとしている俺にどうしてこんなにするんだ」

「興味があるわ」

ジャガーは、東京の地理に関する傀の知識では、とうてい測れぬあたりを走っていた。

「俺がどこまでやれるか？」

「そう。それに若いのにいい度胸してるじゃない」

「それをいうならあんただろう、目の前で人間二人が撃ち殺されたんだ」

いってから、傀は唇をひきむすんだ。胸の底に酸っぱいものがあり、こみあげようと渦巻いた。

「正当防衛ね、アメリカなら」

「日本じゃちがうのかい」

「人殺しよ、あなたが花木をそう呼んだように」

傀は黙った。無言で、フロントグラスの果てを流れる、見知らぬ都会の夜を見つめた。

ベルトに差しこんでいたスマイソンを抜いた。ラッチを押し、シリンダーを開いて、三発の空薬莢を抜き新しい弾丸をこめた。

三発の薬莢を手のひらの上にのせて転がしていたが、バッグの底に落としこむ。

「降ろしてもいいんだ、どこでも。それであんたとは関係なくなる」

「意地をはるのね」

麻美はそういっただけだった。

車は郊外に向けて走っているようだった。交通量が減り、死んだように暗い街が連らなっている。

灯りを落とした住宅のならぶ一角に車を乗り入れると、麻美はスピードを落とした。

低速で前進するジャガーに、犬が吠えるのが聞こえた。

やがてジャガーは一軒の屋敷の前で止まった。シャッターの閉ざされたガレージと鉄門の向うに、昇っている石段が見える。

エンジンをかけたまま、車を降りた麻美はシャッターの前に立ち、何かを操作した。

ヘッドライトにうかんでいるその姿を、傀は厳しい表情で見ていた。

シャッターが、深夜には異様に響く音をたてて上がると、ジャガーを中に突っこむ。

ガレージには二台分の余裕があったが、車は他になかった。

「降りて」

言葉少なに麻美はいった。

エンジンとライトを切ると、先に立って出た麻美はガレージのシャッターを再びおろし、左側の小さな扉を押し開いた。

「こっちよ」

バッグを手に傀は従った。

水銀灯の点った庭の中腹にあたる位置だった。主家につづく石段を麻美は昇り始めた。

よく手入れをされた庭園だった。緑と紅葉が、水銀灯の光でも絶妙のコントラストを示していることがわかる。芝生も植え込みもかたちよく刈りこまれている。

傀はカウアイの自分が育った家を思った。

とてつもなく遠くにあるように感じる。

バッグから取り出したキイで麻美はすでに家の扉を開いていた。

玄関灯の光で、傀は表札を見上げた。

「平河」

表札にはそう記されている。

「君の家なのか」

傀は小声で訊ねた。

「そうよ、普段は住んでいないわ。さっ、上りなさい」

上り框に先に立ち灯りのスイッチを次々に入れながら、麻美はいった。

磨きこまれた廊下が奥には続いている。スリッパを取り、並べると麻美は先に立った。

廊下に面して、いくつも部屋が並んでいた。その扉のどれも通り過ぎると、麻美は突き当たりを左に折れた。

灯りのスイッチが入る。落ち着いた風情の応接間だった。

皮張りのソファが中央に置かれ、正面はガラスごしに庭を見おろすテラスになっている。

左手に造り物にしては手のかかった暖炉があった。セントラルヒーティングがきいているのか、家の中は暖かい。

ハンドバッグを投げ出すと、麻美はどすんと腰をおろした。両膝の上に両手をつき頬をかかえこんで、放心したように脚元を見つめる。

傀は向かいにそっと腰をおろした。

屋敷の中は無人なのか、ことりとも音がしない。ただ、空調の静かな唸りが聞こえるのみだ。

庭を見つめていた傀は、含み笑いに首を回した。

麻美が笑っているのだった。無言で見つめていると、背すじを起こして髪をかきあげた。

「見て」

センターテーブルにおかれた大理石の煙草盆から一本抜くと火をつける。

不意に煙草をはさんだ指先をつき出した。

指、手首から腕と小刻みに震えているのを傀は認めた。

「今ごろよ、膝もそう。立てそうにないわ。傀くん、そこのバーからブランデーを一杯とってきてくれない」

麻美が指した、部屋の隅のホームバーに傀は歩みよった。

麻美にはブランデー、自分にはバーボンをそれぞれストレートで注いで戻った。

「ありがとう、乾杯はしないわよ」

いってグラスを唇にあてた。その白い顔が確かに血の気を失っている。

「傷はどう？」

グラスをおろすと訊ねた。

「大丈夫、もう血が乾いてる」

すりむき傷のひどい状態といった程度だった。柔らかなカサブタができ始めている。

体にうけた衝撃を思えば、信じられぬほど幸運といえるだろう。

「もう少し待って」

両眼を閉じ、口に含んでいたブランデーを飲み干すと、麻美はいった。

「もう少し落ちついたら救急箱を取ってくるわ」

傀は頷いて、グラスを持ち上げた。

「一日にひとつずつ怪我をする。昨日は、木の刀で殴られた。今日は拳銃で撃たれた。明日は刺される番かな」

「でもきっと助かるわよ、あなた運が強そうだもの」

「どうかな」

「これからまだ人殺しをしようというわりには弱気なのね」

「花木だけを殺すつもりだった、この日本では。奴らは花木の手先なんだ」

「ちがうわ」

麻美がはっきりした声音で否定した。

「どうして君にわかる」

「どうしてもよ。花木はあんな真似はしない。あんな——人を使って襲わせるようなことはしない」

「じゃあ一体、何者なんだ」

「わからないわ。でも花木にも敵がいるわ、そいつらかもしれない」

「なぜ俺を狙う。俺は花木の手先じゃないぜ」

「あなたのことは、きのうのヤクザたちからあちこちに情報が流れてるわ。興味をもったのかもしれない」

「誰が、花木の敵がか」

麻美はグラスをおろし、頷いた。

「あのヤクザは花木の手下じゃないのか」

「あなた自身いったじゃない。花木はギャングではないような気がするって」

「それは……」

「勘――？」

「だけじゃない」

「じゃなに？」

「君に関係ない」

「助けてあげた人間にずいぶんつっぱるのね」

「いずれわかるよ。俺が花木に会えばね」

「そう」

いくぶん鼻白んだように、麻美はいった。

すっと立ち上り、傀をそこに残して屋敷の奥に消える。

戻ってきたときは両手に毛布と、救急箱を持っていた。

「傷を見せて」

短くいうと、傀のわきにかがんだ。髪とうなじを見おろし、香水を吸いこんだ傀は不意に息苦しくなった。

「大丈夫だ」

「いいから見せなさい」

「自分でやれる。俺は放っておいてあんたは寝てくれていい」

麻美は顔を上げた。初めて、怒りのこもった眼差しを傀に向ける。

きれいだ――傀は思った。

次の瞬間、顔をそむけて麻美は立ち上がった。

「そう。好きにすればいいわ。でも逃げないでね――明日、私は花木に会う。わかった？」

立ったまま、傀を見おろして麻美はいった。

「俺を花木のところに連れていくのか」

「そうよ。でもあなたの手助けはしないわ」

いい放つと、部屋を出ていく。後ろ姿を傀は見送った。つき刺すように、胸の奥で疼くものがあった。

傀はバーボンの入ったグラスをつかむと、喉に流しこんだ。

4

麻美が運転するジャガーはハイウェイを走っていた。

麻美が昨夜ホテルから持ち出してきたジーンズとスイングトップに着替えた傀は固い表情で助手席にすわっていた。

ジャガーは東京都の首都高速を走り抜け、中央高速に入っている。

午前九時過ぎ、テラスからさしこむ光に目覚めた傀を、麻美はバスルームに案内した。シャワーを浴びて着替えた傀は、広大なダイニングルームで、麻美と二人だけの朝食を摂ったのだった。

暖かい米飯、ノリや卵焼、アジの干物といった内容は、傀が日本を十七年前に離れていらい遠ざかっていたものだった。

給仕をしたのは六十を過ぎていると思われる寡黙な老婆だった。昨夜もこの屋敷にいたのかどうか、傀に対する疑問も一切、口に出さず黙々と働いた。

ジーンズに厚手のとっくりセーターを着こんだ麻美は、何時に起きたのか化粧気のないいでたちだった。

昨夜来、不要なことはまったく喋らず、食事を終えた傀を促してジャガーに乗りこんだのだった。

傀は昨夜着ていたスーツをバッグにしまい、ジーンズのウエストにスマイソンを差しこんで車に乗りこんだ。

東京を後にして一時間半ほど経過し、初めて傀は車中の沈黙を破った。車窓の流れる風景は都市図ではなく、田園地帯だった。

「どこへ行くんだ」

「大月インター」という表示がかすめた。

「あなたにいってもわからないでしょ」

目を前方に向けたまま、麻美は答えた。

黙りこんだ傀をちらりと見やって、麻美はラジオのスイッチを入れた。

「もうすぐニュースをやるわ。朝刊には出ていなかったけれど、締切りに間に合わなかったからかもしれない。でも、もう報道されてもおかしくないわよ」

Tホテルの地下駐車場で殺した男たちのことだった。昨夜泊まった、麻美の屋敷に届けられた二種類の新聞にはいずれも、殺人事件の報道はなかった。

正午の時報とともに、無機質で滑らかな男の声がニュースを伝え始めた。

二人は無言で聞き入った。

十数分でニュースが終り、天気予報に変わった。麻美はスイッチを切った。

「おかしいわ、二人もの人間の射殺死体がホテルで発見されたら大騒ぎになるはずよ」

「警察が報道を抑えたのかもしれない」

「理由がないわ、ホテルがもみ消したとも思えないし……」

「誰かが後始末？」

「後始末をしたんだ」

「そう」

傀はいった。

「警察に知らされてないとすれば、誰かが死体を隠したとしか思えない」

「どこへ」

「それはわからない。でも死体を発見されたら困る人間が、あそこから運び出したとしか考えられないよ」

「じゃあ、あの駐車場には、私たちとあの二人の他にも人がいたということ？」

「そうなるね」

「なぜ？　もし仲間ならどうして助けなかったのかしら」

「おそらく……」

傀は考えを組み立てた。

「それが仕事じゃない連中だったのだろう」

「…………？」

「あの二人は拳銃を持っていた。俺を捕まえて、どこかへ連れてゆく気だった。ひょっとしたら、君も連れていくか、あるいは二人とも殺すつもりだったのかもしれない。それとは別な、監視するのが仕事の連中があの駐車場にはいた。あいつらは、まさか俺が撃ち返すとは思っていなかったんだ」

「絶対優位ね。銃を持っているとは思わなかったのだわ、あなたが」

「そうだ。監視者は、仲間が二人とも撃たれたので慌てた。銃を持った死体をおきざりにはできない。銃だけを持っていっても、死体から身許を割り出されては困るので、死体もかついでいった――」

「でも……あなたが撃った人はひどく……」

「二人目は頭を撃たれたわけだから、あたりを汚したはずだ。血や何かでね。それもきれいにしていったとすると、一人じゃできない。二人はいたことになる。でなければ……」

麻美は強張った態度ではなくなっていた。気がかりそうに、傀を見つめる。

「なに？」

「花木の敵とはいったい、どんな連中なんだ？　君は知ってるのだろ」

「どうしたの急に」

「もし、死体だけをかつぎ出しても、あとには血痕や弾痕が残る。それだけでも、ホテルはやはり警察に届ける。それをしなかったとすれば、Tホテルもその敵の――何ていうか協力者ということになる」

「協力者？」

「そうだ。死体を運び出したあと、血痕やなにかを他の客に見つけられないようにもみ消すのは、ホテル側にすればわけはない」

「Tホテルも、あなたを狙った連中とグルだというの？」

「グル……最初からそうだったわけじゃないだろう。だが、監視していた連中が金を使うかどうかして、死体を出したあとの始末をさせたのかもしれない」

「お金じゃありえないわ」

麻美は小さく首を振った。

「あそこは古い格式のあるホテルよ。いくら何でも犯罪現場――わかる？――を金を積まれたからといって警察に届けないようなことはしないわ」

「どうかな。金じゃなければパワーだな」

「権力ということ？」

傀は頷いた。

麻美はサービスエリアの標識を認めて、減速した。

「ガソリンを補給して、コーヒーでも飲みましょう」

「尾行はないのかい、今日は」

「いないわね、今のところは。中央高速に入ってすぐ百八十で飛ばしたから、いればわかるはずよ」

ウインカーを出し、左に折れるとサービスエリアに入った。ガソリンスタンドの従業員がジャガーXJSと美しい麻美のとりあわせに露骨な視線をぶつけてくる。

装飾の乏しいカフェテリアで二人は向かい合った。

「最初から知っていたんだな、昨日の夜は花木があのカジノに来ないことは」

運ばれてきたコーヒーにグラスの水を注ぎながら傀はいった。

「なにそれ?」

カップを手に持って、麻美が訊いた。

「濃すぎるんだ。胃が溶けちまうような気がするんでね。それより俺のいったことは当たってるだろ」

「いいえ。私も彼がきのうあそこに来るかどうか知らなかったわ。今朝になって、花木の居所は知ったのよ」

「どうやって?」

「電話というものがあるのよ、日本にも」

傀は緊張した。脇腹の傷がひきつれるような気がした。

「すると、花木は俺が君と行くのを知ってるんだな」

「それがフェアでしょ」

両手で髪をかきあげて、麻美はいった。

「どうして俺を会わせる気になったんだい」

「さあね」

傀はパイプの椅子にもたれかかった。

「君は、花木が死ぬのを望んでいるのかい」

「どうかしら」

麻美は、はぐらかすような笑みを見せた。その朝、傀が初めて見る笑顔だった。

「あなた、きのう、花木には組織があるって認めたわね。もし花木を殺せたら、自分は死んでもかまわない？」

「あるいはね」

「その場になってみなくてはわからないということね」

傀は頷いた。

「いいわ、行きましょ」

空のカップを受け皿に戻すと麻美は立ち上がった。

「急ぎ旅か」

坐ったまま見上げた傀に答えた。

「先が長いのよ、少し運転する？」

傀は右手を出した。皮のホルダーが、その上に落とされた。

「どこまで行くんだ」

ジャガーは快調に走っていた。日曜日ということで、麻美は渋滞を予想したらしいが、それほど混みあってはいない。

「まっすぐよ、何しろ」

「ジャガーは扱いにくい車だと聞いていた」

「ときどきね。でもこういう所では快適よ」

高速でも安定性は確かに良い。傀は久し振りに車を飛ばす爽快感を味わった。

「どうしてそんなに日本語がうまいの」

突然、麻美は訊ねた。

「育ててくれた親父が厳しかった。お前は日本人なのだから正しい日本語を使えなくてはいけないといわれたんだ」

「日本は初めて？」

「八歳のときまでいた」

驚いたようだった。

「だからね。あなたがちっとも日系のアメリカ人には見えなかったのは」

「家でしごかれた。日本語の本を読み、正しい言葉遣いができるようにって」

「そう。じゃカウアイには家族がいるのね」

傀は麻美を見やった。口調が虚ろだったのだ。

「いや、家族はいない」

「お母さんや兄弟は」

「いない。だけど家族同様にしてくれるおっさんが二人いるよ」

「一人がおとつい言っていたラリー？」

「そうだ、もう一人がテッド」

傀は追い越し車線にジャガーを出した。

アクセルを踏みこむ。確実な加速感がハンドルを通して手に、車体を通して脚に感じられる。

「無謀運転は好きなの？」

「隣に人を乗せているときは好きじゃない」

「責任感が強いのね」

わずかに皮肉がこもっていた。

「恋人は？」

「今はいない」

傀はいった。トラックやコンテナを数台追い越し、中央の走行車線に戻る。

「結婚したことはないわね。その年じゃ」

「君はあるのか」

「あるわ」

思わず麻美を見た。

「子供は？」

「いない。夫は死んだわ」

「そう」

　傀は頷いた。

「ねえ、いくつ？」

「二十五、今年六になる」

「私より二つ下ね」

「そう見えるよ」

「どういう意味？」

「落ちついてる。普通の女性には見えない」

「だからコールガールとまちがえたの」

「そういうわけじゃない。だが自分から声をかけてくるほど酔っているようには見えなかった」

　おかしそうに麻美は笑った。

「あなたはラッキーだったのよ。『グーロ』に私がいて」

「どうかな……」

「花木に会えるじゃない」

「フェアにね」

「そう。フェアに」

しばらく走ると勝沼インターチェンジの表示があった。

「降りるの。まだ先ができあがっていないのよ。甲府市というところを抜けて、また入るわ」

麻美の指示に従って、傀は車を走らせた。

車が昭和インターチェンジで再び中央高速に上がると、麻美がいった。

「どうしてハワイに行ったの、八つのとき」

「養ってくれる人がいなかった」

「どういうこと？」

傀は前を見つめていた。

「それまで養ってくれていた父親が死んで、俺は孤児になったんだ。母親は俺がほんの小さなときに死んだ」

「だからハワイの人を頼ったのね」

「そうだ。いつか日本に戻ってくるつもりだった」

「日本が好きだから――」

「いや」

麻美は面を上げて傀を見つめた。

「花木を殺すため？」

「…………」

「八つのときから？」

「そう」

「じゃあ花木は……」

麻美はいいかけて黙りこんだ。

傀は腕時計を見て、ラジオのスイッチを入れた。

「ニュースが気になるのね」

チューナーを操作して、麻美は放送局を合わせた。

Tホテルで射殺死体が見つかったというニュースは流れない。

「いよいよまちがいないな」

傀はつぶやいた。

「諏訪インターで降りるのよ。降りたら私が運転を代わるわ」

「もう少しかい？」

「順調にいけばあと一時間ね」

麻美の方を見て、傀は頷いた。わずかに表情がひきしまる。

麻美は無言で傀の横顔を見つめているようだった。

「天気がよくてよかったわ」

麻美が低い声でいった。

「ハワイにはない景色だよ。本土にもない」

傀は応じた。

諏訪インターチェンジを下りると、運転を代わった。ハンドルを握った麻美は無口になってジャガーを走らせた。北へ向かっているようだった。

「何と読むんだい、この地名は」

しばらく走ると傀は訊ねた。

「蓼科よ。高原で温泉が出るわ」

「リゾート――観光地帯？」

「ええ、別荘やゴルフ場があるの」

「そこにいるんだな、花木は」

麻美は答えなかった。

ジャガーが到着したのは、蓼科の別荘地帯の外れにある、広大な造りの屋敷だった。

整備された地帯の道路に板塀を面して建っている。

平屋で敷地面積は五百坪以上はある。

板塀の切れ目に麻美はジャガーを乗り入れた。玉砂利の上を走ると、車寄せがあった。

シルバーグレイのメルセデスが一台、横を向けて駐車しているのを、傀は認めた。

「ついたわ」

エンジンを切ると、大きく息を吐いて麻美はいった。顔色が青ざめているように、傀は感じた。

傀は無言でジャガーのドアを開け、降り立った。冷気が鋼のように鋭い。

深呼吸して、体を屈伸させる。屋敷は静まりかえっている。

緊張のためか、膝が震えた。

車を降りた麻美は、傀の様子を無言で見つめていた。緑、黄、紅の葉をつけた樹木を背景に、麻美の白い歯がまぶしく感じられる。

咎めているのか、心配しているのか、真剣な眼差しだった。

バックシートから、スウェードのジャケットをとり上げ、袖を通さずに羽織ると、

「いらっしゃい」

先に立って玉砂利を踏みしめた。

作為の感じられないつくりの前庭を抜け、厚い板の扉を、麻美はノックした。

「いらっしゃいませ」

六十を越した老人が間髪を入れず、内側から扉を開いた。茶の作業ズボン様のものととっくりセーターという質素ないでたちをしている。

「お待ちです」

麻美にいっておいて、老人は傀を見つめた。能面のような、皺の刻まれた無表情だった。

静かだが厳しい眼差しだった。傀はその目を見返した。

知っている目だった。

広い三和土で靴を脱ぎ、老人をそこに残して二人は進んだ。

「奥の部屋に――」

老人がその背にいった。

傀は背すじをのばした。腰骨にスマイソンの堅い感触があった。

「どうぞ」

長い廊下を抜けると、襖の閉まった一室の前で麻美は立ち止まった。言葉づかいも改まっていた。

傀を見つめたまま、

「入ります」

声をかけて麻美は襖をひいた。

八畳ほどの和室だった。中央に炉が切ってあり、鉄瓶で湯がたぎっている。

右手が庭に面していて、開け放たれていた。

男が一人、たった今まで庭を見つめていたという姿勢で正座していた。

ゆっくり二人に向き直る。

渋い色の和服を着ていた。両手を膝におき、無言で傀を見すえる。

五十を一、二歳過ぎている年齢のようだ。

表情は険しくもなく、静かだった。面は陽にやけ、深い皺が、眼尻と顎にあった。

「すわりなさい」

落ちついた声で男はいった。傀は立ちつくしたまま、男を見つめていた。自分の目が大きく瞠かれているのを感じた。

「すわりなさい……」

男はもう一度いった。

傀は視線をそらさず、ゆっくり腰を落とした。

「脚は楽にしたまえ、長い間車に乗っていたので疲れたろう」

「花木……達治か？」

「そうだ。茶を飲むかね、煎茶だが……」

傀は言葉を押し出すようにいった。

大きく息を吸いこんだ傀は目を細めて、鼻から吐いた。

「貰うよ」

花木は頷いて、茶卓に手をのばした。

「私が……」

麻美が背後でいいかけたのを、花木は無言で制した。

「できれば、他の部屋で……」

花木がいうと、麻美が立ち上がる気配が背後であった。

「ありがとう」

振り向かずに傀はいった。

「え？」

「ここまで連れて来てくれてありがとう。君にはお世話になったよ」

「そう……」

襖が開け閉めされ、人の気配が背後から消えた。傀は自由を得たような、それでいてひどく心細いような気分に襲われた。

急須の茶を切って、傍らに置き、花木は湯呑みをさし出した。

「名前は？」

「桐生傀――本名は……」

「佐和田傀くん、だね」

花木はいった。

「……そうだ」

「麻美から傀くんという名を聞いたときにもしやと思ったよ」

「じゃあ、俺があんたを殺すことも覚悟ができてるんだな」

それには答えず、花木は湯呑みを手にした。ひきしまり、無駄のない顔立ちを傾ける。髪は真っ黒で、後ろにきちんとなでつけていた。物静かな雰囲気は、これまで傀が想像してきた姿とは異なっていた。

「君は私が君のお父さんを殺したと思っている――」

「思っているし、知っている。あんたが撃ったのだと」

「そうだ、私が撃った」

「バディだったと聞いたよ、あとから。あんたと俺の父は」

「そうだ、私達はコンビを組んでいた」

「なぜ、殺した？」

自分でも意外なほど静かな問いかけだった。

花木は膝に落としていた暗い眼を上げた。

「頼まれたからだ」

「誰に？」

「君のお父さんだ」

嘘だ、とは傀はいわなかった。

「なぜ？」

「苦しみを味わわせぬため」

「弱い人間だったのか、俺の父はそれほど」

「いや、強かった。私達は最強のコンビだった。最強の――」

「人殺しだった」

花木の顔で何かが動いた。

「そう聞いたのか」

「そうだ。俺はそう聞いていた。殺し屋だったと——俺の父とあんたはコンビを組んだ殺し屋だったと」

「それを信じている……？」

「ああ、信じてきた。だが、俺の父親は父親だ。俺は——俺は……」

「父親の仇を討ちに来た、か？」

「そうだ」

花木は視線をふっと外した。庭を見つめる。傀がテレビで幾度か見たような日本庭園ではなかった。

前庭と同様、作為がない。

草が、木が、自然に保たれている。

「上品ぶっていても、あんたの正体は人殺しだよ。他の人間を殺したことは、俺は知らない。だが、あんたが俺の父親を殺したことは事実なんだ」

「憎いか」

「一番憎かったのは十歳までだ。八つから——父が殺されたことを聞かされたときから二年間だ」

「私を殺せるか」

反射的に、傀は立ち上がった。長身をのびあがるようにして、花木に飛びかかった。

手首を摑まれ、あっという間もなく傀の体は回転して庭先に叩きつけられた。

息が詰まった。

体をはがすようにして起こし、スイングトップの前から右手を差しこんだ。

「やめたまえ、横を見るんだ」

傀はスマイソンのグリップに手をかけたまま、首をめぐらせた。

庭の向う、十メートルと隔てずに、玄関で出迎えた老人が立っていた。猟銃を肩に当て、傀の頭を狙っている。

傀は呻いた。

「拳銃から手を離しなさい。無茶をしてはいかん。村田は名人だ」

傀は両手を上げた。花木が立ち上がり、ゆっくりと近づくと腰から拳銃をひき抜いた。元の座に戻ると、拳銃を傍らにおき、懐ろ手をした。

「すわりなさい、初めの場所に」

傀は拳を握って、ゆっくり腕をおろした。

村田と呼ばれた老人が、肩から銃をおろし、ひっそりと立ち去る。

湿った土の匂いが不意に鼻を突いた。

のろのろと傀は、座敷に上がった。

「君に殺されてもよいと思っている……」

はっとして傀は花木を見つめた。花木は瞑目していた。

「私の話を聞くかね」

「聞くも聞かないもないだろう」

吐き出すように傀はいった。

「聞く気がないのなら、君をこのまま外に放り出す。今までのように私をつけ狙うがいい。だが銃もなしでは、私を殺すチャンスはないぞ」

傀は胡坐をかいた。妙に、開き直ったような、落ちついた気分だった。

「聞く」

花木はかすかに頷いた。そして話し始めた。

「私たちはジャングルにいたのだ。ジャングルの狩人だった。私と君のお父さんのことだ。

君は殺し屋だといったが、私たちは単なる殺し屋ではなかった。私たちは、国に雇われた殺し屋だったのだ。政府の、それも奥深いところで、警察や情報機関とはまったく関係のない、保安機構がそのころ日本には存在した。

昭和二十三年。

君はまだ生まれていない。太平洋戦争は終結し、敗北者である日本政府の実権はゼロに等しかった。G・H・Q――占領軍総司令部が握っていたのだ。

その年、七人の戦犯が極東軍事裁判の判決に従い、死刑に処せられた。だが、それは戦後、日本に乗りこんできたG・H・Qによる軍国主義撤廃の、ある意味では最後の政策だった。なぜならば、それ以降、彼らの政治改革の矛先は、別の新たな敵――擡頭する共産主義に向けられることになるからだ。

東西の対立は深刻化し、国内の政治状況は必ずしも、為政者の思惑どおりには運んでいなかった。

そして、もう一度、一九四八年。

総司令部と、ひと握りの日本政府有力者の手により小委員会が結成された。委員会の目的は、国家権力が本来の力を取り戻すまでの布石をうつことであった。

旧帝国陸軍特務機関にいた、井田という元中佐に、小委員会は白羽の矢を立てた。小委員会の命を受けて、井田は四名の機関員を選んだ。四人とも若く、戦争中受けた訓練を実戦では役立てずに終わった者たちだった。だがその分、顔も名も知られていず、向こう見ずだった。

その機関には、司令官の名が冠せられた。

私と君のお父さんはそのメンバーであったのだ。私たちは、国内の不穏分子を抹殺することを任務と定められた。

暗殺、破壊工作のサボタージュ活動を全国でくりひろげ、ときには無実の者にその罪を負わせることによって、小委員会の定めた標的を抹殺したのだ。

やがて井田機関の任務は効を奏し、レッドパージの嵐が吹き荒れ、東西の対立は朝鮮戦争という形で具現する。

その間も我々は、小委員会が定めた標的を抹殺すべく、井田中佐のもとで血みどろの活動をつづけていた。

　戦後、三十年以上もたった現在では、そのような機関の存在は幾つか、歴史として報告されている。

　しかし、井田機関の名はまだ挙がっていない。それは、あまりにもその活動が過激であったからでもあるし、また実際に手を血に染めた工作員は一人しか生き残っていないからでもある」

　花木は言葉を切って、わかるかというように傀を見つめた。

「それが、私だ」

「そんな行為が許されるはずがない！」

　花木は傀の言葉に無言だった。やがていった。

「歴史だ。歴史という芝居の、政治という修羅場で、私たちは血まみれの黒子を演じたのだ。傀くん、そのときは国のためだと信じた」

「…………」

「やがて我々が政府のお荷物になるときがきた。暗殺を決行してまでとり除く必要のある人物が徐々にいなくなってきたのだ。治安も回復し、何よりも警察力が増大し国民の信頼を得るようになった。

　しかし政府は、お荷物になったからといって我々を放り出すわけにはゆかなかった。

四人のメンバーはそのときにはもう、私と君のお父さんの二人きりになっていた。私たちは仲間と、そして密かに殺した人間達の血を流しすぎたのだ。

放り出して、事が公けになるには、その頃私たちが犯した殺人の数々は未だ国民の耳目に新しすぎたのだ。

だが、昭和三十九年、大変な危機が私たちの機関を襲った——」

危機の原因は梶という名の若い検事であった。梶は、未解決の殺人、変死、失踪事件を自ら、こつこつと追いつづけ、ついに花木たちの機関の存在をつきとめたのだった。政府閣僚すら、その存在を知らぬ暗殺機関の存在に、梶は戦慄するとともに激しい正義感で、これを弾劾しようとした。

花木たちがその情報を知った矢先、第二の危機が訪れた。内閣も変わり、G・H・Qも日本を去ったその時点で、唯一の政府内部とのパイプであった指令官の元中佐が心臓発作であっけなく他界したのだ。

検事の執拗な捜査の手は、やがて花木と傀の父親にまでのびた。

彼らにとっては、最早、この梶という検事を暗殺する以外とるべき手段はないと思われた。

ところが——

梶が花木と傀の父親に取引きを申し出たのだった。

その取引きとは、ある男の暗殺であった。

その男は、戦中、戦後を通じ、うまく日本の中枢部にくらいつき、着実に勢力を拡大した、決して表に現われぬ権力者であった。

検事の梶は、二年前に疑獄事件にからんでその男を追及し、分厚い権力の壁に阻まれ、苦い思いを味わわされていた。

のみならず終戦直後、その男が己れの私腹を肥やし勢力を拡大するために行なった過酷な事業の犠牲となり、梶の父親は自殺をとげていたのだ。

その男に法律の力によって裁きを下せぬならば、たとえ非道の手段を取っても、と梶は思いつめていた。

その男を暗殺することに成功したならば、これまで調べあげた暗殺機関に関するすべての資料を放棄してもよい――梶は直接、花木と傀の父親と会い、そう申し出たのだった。

花木と傀の父親は迷った。司令官であった井田中佐が死んだ今、政府内部に救いを求めるのは不可能であった。命令と標的を伝えるのが司令官の役目であり、標的を決定する小委員会の顔ぶれを、花木らが知る由もなかった。

梶の追及もそこまで及んではおらず、元より事が公けになろうと、自ら委員会のメンバーが名乗り出ようはずはなかった。

いけにえになるのは花木と傀の父親の二人だけである。そうなれば、彼らは単なる殺人犯として断罪されることになる。当然、自分が殺されるかもしれぬ可能性を知って二人を呼び出した梶を殺すことは彼らにはできなかった。

そうはされぬための手段は打たれていると想像するのは容易だ。万一、梶が失踪したり変死をとげれば嫌疑は真っ先に二人に及ぶにちがいなかった。

二人は梶の取引きを受けることにした。彼らが最早、政府の命令で働くこともありえないのだ。

標的の男は政府中枢部と密着しており、尋常な手段では暗殺は不可能だった。半ば要塞化した豪邸に居をかまえていた。

二人が暗殺計画にとりかかった矢先に、梶はあっさり収集した暗殺機関の資料を提供した。

その内容の詳細さに二人は戦慄した。しかし、渡されたからといって梶を殺すわけにはゆかなかった。複製がないという、証拠はないのだ。

花木と傀の父親は、練りに練った暗殺計画を実行した。二人は十六年間のキャリアで、暗殺の完璧な専門家になっていた。たとえ、政界の黒幕といわれるような男であっても失敗はないはずだった。

ところが、二人はその男の護衛たちに迎え討たれる羽目に陥ったのだった。

それは一人の男の裏切りのせいであった。

梶の下で捜査員をつとめ、梶の復讐計画を知る、唯一の法律側の人間であった。

真木野という名のその特捜部員が、標的である男に情報を売ったのだ。

暗殺計画に失敗した、花木と傀の父親は逃走をはかった。しかし標的の屋敷から脱出する直前、両手を負傷した傀の父親は、花木に自分を殺して逃げるよう頼んだのだった。

「……あの男の配下の人間につかまれば、拷問と死が待っていることは明らかだった。といって、警察に追われれば、やはり犯罪者として屠られることになる。佐和田はそのどちらをも拒んだ。自殺ができないから、殺してくれと私に頼んだのだ。

猶予はなかった。国家のためと信じ、自らの手を血に染めてきた私たちが想像しえなかった最期だった。

――いや、心のどこかでは感じていたかもしれない。たとえ、理由はどうであろうと幾人もの人間を卑劣な手段で殺してきたのだ。お父さんの最後の頼みは君のことだった。

私は彼を撃った。

撃ってから逃げた。そのときはまだ、梶の部下の裏切りを知らなかった。知ったのは、潜伏中に梶に連絡を試みたときだった。梶は真木野が情報を売った、といった。そしてその翌日、梶は自殺したのだ。

私はその潜伏地から君が預けられたお父さんの友人宅に必死で連絡を試みた。だが不可能だった。そして私は、あの男の部下ではなく、警察に逮捕された――君のお父さんを殺した殺人犯として」

花木はいったん言葉を切り、冷えた茶をすすった。屋敷の中は、静まりかえっていた。

老人も麻美も、まったくその気配がない。

「梶は約束を守っていた。そして、あの男も刑務所の中までは手が出せなかった。実刑十年——やがて服役態度が認められ、私は八年で社会に復帰した。君の行方はいつか、わからなくなっていた。私は、自分の現在をつくるために必死で働かなくてはならなかった。

最初に始めたのが、『華』という麻雀屋だった。その名の店を機会があったら訪ねるようにと、君をあずかっていた佐和田の友人に知らせたのは私だ。もう、何年も前のことだ。その友人も、事件の直後、君を佐和田のもう一人の友人——桐生さんに預けて以来、君の消息を失っていたんだ。

君に会うとは、私も思わなくなっていた……」

5

静寂と冷気が開け放たれた座敷に満ちていた。傀は上半身を前に傾けた。両腕で胸を抱き、炉の中をのぞきこんだ。

炭の熱が頬をあぶる。

「嘘ならいいな……」

放心したように傀はつぶやいた。

しばらくして、花木が応じた。

「嘘ではない」

「わかってるよ。俺が八つのとき、桐生の親父から聞かされた話とちがっていない。俺の父親を殺したのは、花木達治だと新聞もテレビも報道した。だが桐生の親父は、あんたを恨んじゃいかんといった。

どうしてだと訊いても、答えちゃくれなかった。きっと、桐生の親父も詳しくは知らなかったのだろう。けれど、初めに俺を預かってくれた大島さんが、少しは桐生の親父に話したんだろう。

桐生の親父は、俺に父親のことも、あんたのことも忘れろといった。全部忘れろ、と。俺の父親とあんたはコンビを組んだ人殺しだったのだ、だからああなっても誰のせいでもないと、いった。

俺は嫌だった。俺は父親が好きだった、だからあんたを許せなかった。俺が八つのときから決めてきたことはひとつだけだ。

何かになろうなんて思ったことはないよ。

ひとつだけ、したかったのが、あんたを殺すことなんだ」

「どこにいたのだ、十七年間」

花木の口調が優しかった。

それを拒むように、傀は視線を上げなかった。ただ、炭火を見つめていた。

「カウアイ……桐生の親父はそこでサトウキビを作ってたんだ」

「お元気か」

「死んだ、十日前に」

「そうか。大島さんも四年ほど前に、亡くなってしまった。桐生さんが連絡をよこしたら、私の所に知らせてくれと、頼んでいたのだ……」

「なぜ、あんたは自殺しなかったんだ？」

傀は胸を抱いたまま、かがみこんで体を前後にゆらしていた。十七年前に、寒さに震えながら、桐生敏男とふたりで羽田をたったときの記憶は強烈だった。

父親がくれた、毛糸のミットを首から下げていた。父親を殺したという男、花木達治の新聞写真を幾度も、幾度も、飛行機の中で見つめては、泣きじゃくっていた自分。

「なぜ、あんたは父親を殺したあと、自殺しなかったんだ？」

傀は問いをくりかえした。

ハワイに着いてからは、目まぐるしかった。桐生は生活の基盤を得るために必死で働いたし、傀は見知らぬ国の子供たちの間でひとりぼっちだった。

いくども泣いては、桐生に叱られた。

男がめそめそするもんじゃない、と。

だが、日本に帰りたかった。帰って、自分の大事な父親を殺した奴を、一刻も早く殺してやりたかった。

決して、その名を忘れはしなかった。

「なぜ、自殺しなかった⁉」

傀は面を上げて叫んだ。

花木と見つめあった。目を瞠き、花木の顔をにらみすえた。

やがて、花木の唇が動いた。

「君のお父さんの佐和田は結婚していた。

私は独身だった。しかし、先に死んだ二人の仲間のうちのひとりが、子を持っていたのだ。仲間は死に、その妻も病弱だった。そういう時代だった。体の弱い者は生き残れなかった――だが、子供は育てねばならなかった、先に私はその子を預かっていたのだ。

その子に、責任があった」

「じゃあ、俺の父親は、その責任を棄てたというのか、俺を棄てたというのか⁉」

「そうじゃない――」

花木は苦しげにいった。

「じゃあ、なんだ」

大きく息を吸いこんで、花木はいった。

「男としてあることを取ったのだ。父親としてあることよりも、男としてあることを……」

「エゴイズム」

傀は吐きすてた。

「あんたはとらなかったんだな」

「もし、その子が自分の子であれば、決心できたろう。しかし、人の子であるために、できなかった。つながれたのだ」

傀はうつむいた。

涙が目頭に熱かった。こぼれると、炭の熱気が炉辺に落ちたしずくを乾かした。

だがその上に、またしずくが重なった。

体が縮こまり、丸まるような気がした。

丸まって、泣きじゃくりたかった。

花木が身じろぎした。懐から煙草を取りだしたようだ。

ライターが鳴った。煙を吸う気配と同時に、鼻をすすった。

傀は面を上げられなかった。

「私を殺すかね」

「殺したいね。あんたを殺さなけりゃ、俺は何のためにあるのか、わからなくなっちまうよ」

「そうだな――」

濡れた声で、花木がつぶやいた。

「君は何のためにあるのか、わからなくなってしまうのか」

「……その子は無事育ったのかい」

「………………」

「あんたが預かった子さ」

炭火が目頭を乾かすと、傀は身をおこした。花木は煙草を片手に、鉄瓶を見つめていた。

「麻美だ」

傀の頰が強張った。

花木は視線を合わせずに、煙草をもみ消した。

「じゃあ、その男はどうなった？」

「その男？」

傀を見た。

「あんたと俺の父親が殺しそこねた奴さ。襲って失敗した――」

息を吐いて、身をひいた。

「生きている、多分」

「どこで……」

「さあ」

「じゃあ裏切った男は」

「生きている」

「なぜ、殺さない」

「私がか」

「あんたが」

　花木は沈黙した。

「答えろ、なぜ殺さない。それよりも、どうしてあんたは狙われなかったんだ、刑務所を出た後——」

「襲われたよ、いくどもね。奴は決して忘れていない、自分を狙った人間のことは」

「じゃあ、どうして——」

　花木は傀の目を見た。無表情の、冷たい視線だった。

　傀の背すじが冷えた。花木の、人殺しの目を見たのだ。花木の意志が見えた。

「奴らか、奴らがそうなんだな！　昨日の夜、Tホテルの駐車場で、俺を襲った——」

「君には関係ない！」

「嘘をつけっ」

　傀は花木にむしゃぶりついた。そうせずにはおれない、凶暴な衝動が体の内にあった。

「関係ない！」

　もう一度、花木は叫び、傀の体を投げとばした。庭先の地面に傀は叩きつけられた。

　肺から息が一気に吐き出され、傀は仰向けになったまま身動きができなくなった。

　花木は立ち上がった。座敷を出ていく。

傀は横たわったまま、青く抜けた空を見上げていた。

三十分もそうしていただろうか、地面の冷えが体に浸み、指一本動かすのも、傀には億劫になりはじめていた。

「昼食の用意ができております」

頭上からの声に、傀は首を傾けた。

村田という老人が腰をかがめて見おろしていた。傀はゆっくり体を起こした。

手を貸す様子もなく、村田はそれを見守っている。

「どうぞ」

座敷に上がって村田はいった。傀は座敷に足をかけ、花木のすわっていた位置を見た。

座布団の横にスマイソンがおいてある。

傀は迷ったようにそれを見つめた。村田は無言で待っていた。

やがて傀が銃から目を外すと、老人は歩き始めた。

「先に温泉にお入りになりますか」

廊下に出ると、思いついたように村田はいった。

傀は土に汚れたジーンズとスイングトップを見た。体は冷えきり、強張っている。

「そうしようかな」

「では、こちらへ」

老人が案内したのは、屋敷の奥にある広い岩風呂だった。湯元からひかれたのか、岩のすき間から湯が浴槽に注いでいる。ガラス扉をひくと、こもっていた湯気が顔を包んだ。


案内しておいて、老人は姿を消した。

傀は広い板張りの脱衣所に服を脱ぎ落とした。

壁ぎわの棚にバスタオルとハンドタオルが畳んでおかれている。

傀は浴槽に体をひたした。肌がひりつくような熱い湯だった。

脇腹の傷がしみたが、歯をくいしばり身を沈める。額から汗が吹き出した。

正面は露をふいたガラス窓で、向う側に山裾が見える。

弱い陽の下で、葉を落とした樹木が、枝をゆらしていた。

湯を手にすくうと、顔を洗った。髪についていた土くれが湯の中に落ち、溶けてゆく。

体をのばして見おろした。

体力には自信がある。運動神経も反射神経も人より劣っていると思ったことはない。

この体を、二十五年間、たったひとつのことだけのために鍛えてきたのだ。

我慢できなくなるまで体を暖めると、浴槽を出て、セメントで固めた洗い場に上がった。体を縦横にのばす広さはある。

腹筋百回。

腕立て伏せ百回。

機械のように、自分の心を拉ぐように運動を続けた。終わると、体を横に回転させ、ドボンと浴槽に身を落とした。二メートル四方あるそこに、うつぶせのまま沈んだ。
息が続かなくなるまで沈んでいた。
ザッと立ち上がった。
どうするか気持が定まった。
傀は岩風呂を上がり、脱ぎすてた服の土を払うと袖を通した。
脱衣所を出ると村田が待っていた。
広い食堂に案内される。
花木と麻美がそこにはいた。
八人はすわれるであろうテーブルの片隅に、花木と麻美は向かいあってすわっていた。
二人の間の灰皿には吸い殻がたまっている。
傀は村田がひいた、背もたれがまっすぐの木の椅子に腰をおろした。
麻美のひとつ置いた隣だった。
「銃はどうしたのかね」
花木は静かな声で訊ねた。
「あそこにおいたままだ」
傀は花木を見返していった。
「どうするのだ？」
花木はかすかに眉宇をひそめた。

「あんたと話したい、二人だけでもう一度」

村田がパンを盛った皿を手に、ダイニングの奥から姿を現わした。

テーブルの中央におき、今度はサラダを盛ったボウルを運んでくる。

「構わない、ここで話したまえ」

「そうはいかない」

傀は麻美の方は見ずに答えた。

「なぜ――」

麻美が訊いた。顔色は青ざめたままだった。

「君にとっていい話じゃない」

「どういうこと？」

村田が湯気のたつシチュー鍋を運んできた。テーブルの端に重ねられていた皿を、麻美が配った。

それぞれの前におかれた皿にシチューが盛られる。

花木は傀を無言で見つめていた。

「あんたにいろいろ訊きたいことがあるんだ」

「…………」

花木は無言だった。

「あんたの敵のことだ」

麻美が息を吸いこんだ。

「食べなさい」

花木はスプーンを手にした。

「ああ——腹ペコだよ」

傀はつぶやいた。麻美が微笑（ほほえ）んで傀を見つめた。

麻美がサラダを三人にとり分けた。

花木は食事中、終始無言だった。村田のお代わりは、という問いをしりぞけると立ち上がった。

「コーヒーを居間に運んでくれ——麻美、傀くんを後で……」

いい残すと、ダイニングを出てゆく。

傀はシチューのお代わりを食べていた。

「凄（すご）いわね」

感嘆（かんたん）したように、麻美がつぶやいた。

「決心したんだ」

二皿目を食べ終え、パンで皿をぬぐいながら傀はいった。

「何を」

「君の親父さんに話す」

ハッと息を呑（の）んだ。

「話したの、花木は」

「そうだ。だがわからない、君は花木に対して、冷たい」

「あなたにはわからないわ、知らないのだから」

「そうさ、君はみんな知っていた。俺が誰であるかもわかっていたんだろう」

「……それはちがうわ」

「俺をここに連れてくるようにいったのは花木なのだろ」

「そうよ」

「昨夜のことを花木は知っている――」

麻美は頷いた。

「よし」

傀はナプキンをどけた。

「花木のいる部屋に連れていってくれ」

「どうする気なの」

「どうもこうもないさ。父親の仇を俺は討つ」

「どういう意味？」

傀は答えず、立ち上がった。

居間というのは、長方形の掘炬燵を備えた、和室だった。床の間があり、水墨画の軸を背に、花木はすわっていた。

「東京よりは大分寒い。ましてやカウアイにくらべれば冷蔵庫の中にいるようなものだ。暖たまりなさい」

二人が部屋に入ると、花木はいった。懐ろ手をして、待っていたのだ。

花木の正面に傀は腰をおろした。

「炬燵か――懐かしい」

「十七年ぶりか？」

傀は花木を見て頷いた。麻美は二人をつなぐ長辺の中央に足をいれた。

花木は煙草に火をつけた。麻美が、花木のおいた煙草の箱に手をのばし、黙って一本抜くとくわえた。

その仕草は、二人のつながりを表わしていた。傀は見ていた。

村田がコーヒーをのせた盆を手に現われた。麻美が立ち上がって受けとると、カップを配った。

花木はコーヒーに何も入れず、カップに手をのばした。

「少し薄目にしてもらうよう、頼んだわ」

麻美が傀の分を前におきながらいった。

「あんたの敵の話だ」

傀は花木を見すえていった。

「待ちたまえ」

上がった。

花木はとどめた。

三人は無言でコーヒーをすすった。やがて空になったカップを盆に集め、麻美は立ち上がった。

麻美が部屋を出ると、花木は傀に向かって頷いてみせた。

「きのうの夜、拳銃を持った男が二人、ホテルの駐車場で俺を襲った。原宿の、あんたの地下カジノから俺と彼女の跡を尾けてきた連中だ。その前から俺は尾けられていたのだと思う。そいつらは、俺をどこかへ連れていこうとした。俺を殺したかったのかもしれないし、俺から何かを訊きだそうとしたのかもしれない。何者なんだ？」

花木は唇をひきむすんでいた。

「さっきあんたは関係ないといったな。しかし、俺はそいつら二人を撃った。殺した。関係なくはないんだ」

「聞いた。麻美が今朝、ここに電話をしてきたのだ。あちこち私を捜したようだ」

「奴らは何者だ。あんたがさっきいった、殺しそこねた奴の手先なんだろう。俺の父親とあんたが狙って失敗した……」

「………」

「今でもあんたは狙われている。だが、あんたも、そいつを狙っている、ちがうか⁉」

「ちがう」

「嘘をつけ！　あんたは、そいつを殺す気でいる。何のためかは知らない――十七年前に失敗したからか、それとも自分を狙っているからか――だが、あんたがまだそいつを殺すつもりでいることは確かだ」

「……なぜ私がしなくてはならない。金もつかんだ、追われる心配もない、第一――」

「嘘だ。あんたは闘っているんだ、今でも。そいつを仕止めようとしている。仕止めるか、仕止められるかの闘いなんだ」

「どうして、そんなことがわかる？」

「わかるんだ」

花木は沈黙した。傀は花木の面を見すえていた。

「それで？」

「俺にもやらせろ」

「何をだ？」

「その男を仕止めるのを、俺にも手伝わせろ」

「馬鹿な――」

「俺はまちがっていない。あんたはきっとやるつもりだ。きっとそいつを殺すつもりなんだ。俺もやる、だから……手伝わせてくれ」

「私を殺す気がなくなったのなら、ハワイに帰ることだ」

「よしてくれ！　俺は、あんたを殺すことだけを、それだけを今まで決めて生きてきたんだ。それ以外、何もない」

花木は大きく息を吐いた。

やがて唇を湿して、話し始めた。

「その男は後藤継男という名前だ。生きていれば七十をもうすでに越えているはずだ。生きていればといったのは、もうこの数年、その男が世間に姿を現わしていないからだ。

君を狙ったのは、その男か、裏切った真木野の手下であることはまちがいない。彼らはこの十年、ことあるごとに私を抹殺しようとつけ狙ってきた。私はその鋒先を巧みにかわしてきたのだ。

運もよかった。

五年前、君も知っているだろうが、アメリカの航空機会社と日本の商社、そして政界中枢部を結ぶ大疑獄事件が発覚した。その頂点に後藤の名があらわれたのだ。病気を理由に、後藤はあらゆる捜査の手をしのぎ、行方をくらましている。それ以来、奴の執拗な攻撃の手がゆるんでいたのだ。

三日前に君が東京に現われるまでは。

私は今では事業家として、東京の社会ではある程度名が通っている。後藤もうかつに手出しはできない。無論、私も充分、警戒をしている。だが、君が東京に現われ、六本木を縄張りにしているヤクザに私の名を訊ね、怪我を負わせた――ヤクザは私の味方ではない。今までは敵でもなかったが。

花木達治という名に非常にデリケートになっている後藤の組織は、どうやら君をきっかけにしてまた動き始めたようだ」

傀は麻雀荘の外で吊るした、あのヤクザを思い出した。

——花木さんに何の用があるんだ。

あの男はまずそれを訊ねたのだ。

「後藤が今どこにいるのか、あんたもわからないというのだな」

花木は頷いた。

「真木野がどこにいるのかは、わかっているのか」

「問題の商社の重役をしている、今では」

「じゃあ知ってる」

「そうだな」

花木の答は消極的だった。傀の面に怒りの色が散った。

「あんたはやる気なのだろ、二人を」

「…………」

「どうなんだ、本当のことをいえ」

「二人とも、年をとっている。そして自分たちが狙われていることを忘れてはいない。簡単には倒すことはできんのだ」

「だが、やる。そうだろ」

「なぜ、父親と同じ道にはまりこもうとするのだ!?　たとえやっても、犯罪者になるにしかすぎないのだぞ」

「俺の父親がしたことだからだ」

　傀は答えた。

　花木は手元に視線をおとした。

「あんたも俺も、後藤の組織に狙われる。彼女もだ。やらなければ、やられるぞ」

「……ジャングルに戻れというのだな」

　低く花木はいった。

「戻る気はあったはずだ」

　花木は顔を上げた。

「あったとも、ひとりでね。君のような若者や麻美をまきぞえにせずに」

「もう、それも無理だな」

　静かに傀はいった。

「俺をバディにしてくれ」

「まだまだ、君は若い、甘い。死ににいくようなものだ」

「どっちかは生き残るかもしれない。もし俺が死ねば、仕方がない。あんたが死ぬときは――」

　傀は深く息を吸いこんだ。

「その死に様を見届けてやるよ」

花木は立ち上がった。

「最後の人殺しになる。いずれ自分の手でやろうと思っていたことだ。失敗しても悔いはない」

「俺もだよ」

「麻美と東京に帰って待ちたまえ。いずれ連絡する。その時は——何もかもなくす覚悟をしておくことだ」

花木は部屋から出ていった。傀は身じろぎせずにすわりこんでいた。しばらくして、襖が背後で開いても、傀は振り返らなかった。

「話は終わったようね」

傀は面を上げた。向かいに、麻美がすわった。

「ああ、終わった」

しゃがれた声が喉を突いた。

「花木をどうするの」

「どうもしないよ」

「そう——」

ポツンといって、煙草をくわえた。

「俺に殺して欲しかったのか」

「わからないわ」

傀は麻美を見つめた。煙をすぼめた唇から吹き出していた。

「どうしてあんたの亭主は死んだんだ」

驚いたように傀を見た。

「お酒が飲みたいわね」

つぶやく。

「あんたとずいぶん長い間、一緒にいたような気がするよ」

「たった二日よ」

「二日と二時間ぐらいだ」

「口説く気？」

「いや」

「ひと休みしたら、東京に帰るわ。着くのは真夜中ね」

「ホテルに残りの荷物を取りに行かなきゃならない」

「花木がやらせるわ。私はあなたの監視役よ。飲み歩きたいような気分だわ」

「くだらない」

「どうして」

傀は答えなかった。

「大丈夫よ、絶対に安全な場所もあるんだから」

「あんたは一体花木のことをどう思っているんだ。自分を育てた男だろ」

　傀の方が今度は相手を見すえた。

　その視線を麻美は外した。

「行きましょ。ジャガーはもう使えないから、花木のベンツを借りるのよ」

「東京のどこへ行くんだ」

「まず、私の部屋よ。着替えたいわ。それから飲みにいくの――嫌ならあなたは来なくていい」

「また襲われるかもしれない」

「そのときは、そのときよ。これ」

　重そうにスマイソンを膝の上からさし出した。

「お金はあるの？」

「奢れという意味かい」

「ちがうわ、どこかで洋服を何枚か手に入れた方がいいと思って――そうだ、私の知り合いに、あなたに似た体格の人がいる。その人に借りればいいわ」

「何なんだい、そいつは」

「俳優よ。独身の」

　わざわざ「独身」といったところが傀の胸につかえた。

　俺は惚れてしまったのだろうか、傀は思った。

「行くわよ」

麻美は立ち上がった。傀はそれに従った。

スマイソンのシリンダーを開いた。弾丸は一発も抜かれていない。

ジーンズのウエストにさしこむと、麻美の跡を追った。

屋敷の中を通り抜ける間、二人は誰にも会わなかった。

花木も、そして村田という老人も、彼らを見送らなかった。傀はベンツの運転席に乗りこむと発車させた。

夕暮れが迫っていた。

都内に入ったのは午前零時を数分過ぎていた。帰りの高速が意外に混んでいたのだ。

途中、夕食を摂り、麻美は電話をかけた。

都内に近づくにつれ、小雨が降り始め、首都高速に入ったところで運転を交代したときには、土砂降りといってよかった。

ニュースでは、台風が近づいているという情報を流していた。Tホテルの死体については沈黙していた。

麻美は高速を飛ばしている。疲れている様子はなかった。

傀はあまり口をきかなくなっていた。花木が本当に後藤という男を暗殺する企てに、自分を加えてくれるかどうか気がかりだった。

麻美はそれを気にする様子もなく、ジャガーから移したカセットテープをカーステレオに入れて楽しんでいた。

ときおり放心したように、フロントグラスの果てを見つめているのに、傀は気づいていた。

「どこまで行くんだ」

「横浜よ」

運転を代わってしばらくして、傀は訊ねた。

麻美がカーステレオに入れたテープは、ほとんどが傀にとっては馴染みのあるサウンドばかりであった。

レイ・パーカージュニア、ジーノ・ヴァネリ、ハイブロスといった、ロック、フュージョンのミュージシャンが多い。

「横浜？」

「ベイシティよ。音楽があって、お酒があるわ」

「横須賀に行くとき、通ったよ」

「あら、いつ行ったの」

「きのうの、昼間さ」

「何しに？」

「銃を買いにいった」

「ハワイから持ってきたわけじゃないのね」

「そんな危険は犯せない」

横浜に入って、麻美は首都高速を降りた。

「チャイナタウンよ」

『中華街』と書かれた派手なアーケードのわきを通りすぎるとき、いった。

「日本にもあるのだな」

「あるわよ、そりゃ。アメリカにあって、日本にないものなんてほとんどないわ。犯罪だって、文明だって」

「カジノもある」

麻美は笑った。

「ギャンブルが好きなの」

「ラスヴェガスに一年いたことがある」

「何をして」

ベンツは街の丘を昇(のぼ)り始めているようだった。

「いろいろ。あの街はおもしろかった」

「何が」

「目的が決まっていたから。そこにやって来る連中の」

「そうね、ラスヴェガスで何かを学ぼうなんて人はいないわね」

「そんなことはない」

「あら、どうして」

「いろんな形の、何ていうかクライマックスがある」

「クライマックス」

「そうさ」

丘に昇り、しばらく走ってベンツは一軒のマンションに入った。

「さっきのあれはお墓じゃないか」

「そうよ、外人墓地っていうの。きれいだから観光名所にもなってるわ」

駐車場のスペースにベンツを置くと、車を降りた。

「ここは安全なのか」

スイングトップのファスナーをおろし、いつでも銃が抜ける体勢で降りながら、傀は訊ねた。

「ここまで尾けられない限りはね。ここは、死んだ主人が女のために借りてやっていた部屋よ」

静かな声で麻美はいった。駐車場から、エレベーターで一階まで昇る。

一階のロビーは、錠のおりたガラス扉で仕切られていた。扉の横にインタフォンが並んでいる。

「ここの鍵を持ってるか、部屋の中からの操作がなければ、建物の中には入れないわ」

「アメリカのアパートはみんなそうさ。それでも、泥棒や強盗はある」

ロビーの奥のエレベーターで七階まで昇った。

「久しぶりよ、ここに来るのは」

廊下のつきあたりの扉の前で、麻美は立ち止まった。

鍵を開く。

中に入っても灯りはつけなかった。正面の巨大なガラス窓に、雨に打たれる港の夜景が広がっていた。

傀は唸(うな)った。

「いい部屋でしょ。他の女のために借りてやってたとしても、ちょっと解約する気にはなれなかったわ」

窓に面したソファに傀は腰をおろした。

赤や青、白色の灯と、それを反射する黒い海面、停泊(ていはく)した貨物船の灯が見事だった。

雨にかすかに煙(けむ)っている。

部屋の隅(すみ)のスタンドを、麻美は点(とも)した。

「あんたの亡くなった亭主は何をしていたんだ」

「元は医者だったわ。でも、死んだときは花木の秘書だった」

「なぜ、医者をやめた?」

「医師免許(めんきょ)を取り上げられたのよ」

傀の隣にすわり、煙草をくわえた。

「どうして」

「花木の敵」

短く、答えた。

「たったそれだけ？」

「パワーがあるのよ、花木の敵には。それに中国籍だったから、簡単だったみたいよ」

傀は黙った。

「着替えてくる。待ってて」

麻美は立ち上がった。

「一時すぎに、待ち合わせているの。洋服を借りる相手と」

「あまり行きたくないいね」

寝室に通じるドアのノブに手をかけて、麻美は振り返った。

「いいわ。じゃ、電話をして、洋服だけをその店に預けておくように頼むわ」

傀は頷いた。

十五分ほど待たされた。

「ろくな服をおいてないわ、この部屋には」

そういいながら戻ってきたときには、グレイのブレザーとスカート、白いシルクのブラウスに金の鎖をたらしていた。茶のブーツをはいている。

傀は立ち上がるとその姿を眺めた。日本人の女としては背が高い方だろう。百七十センチ近くある。

「どうしたの、何を見てるの」

「君は金がかかる女性なんだろうな。惚れた男には」

「それも同じよ。そんな女はアメリカにも日本にもいるわ」

髪をかき上げると、つけてきたばかりの香水が鼻孔にさしこんだ。

「なぜ、俺の監視役をひきうけた」

エレベーターでフロアに降りると、傀は訊ねた。

「いいじゃない。不満だったら、別に離れてもいいわ」

「いや、いっしょにいる」

きっぱりと傀はいった。

タクシーを拾い、麻美は行先を命じた。

車はどうやら、さっき通った中華街の方を目指しているようだった。

「チャイナタウンに行くのかい」

「TYCOON」という赤のイルミネーションが踊り場で瞬いている。

階段を下りると木製の扉があった。のぞき窓とノッカーがついている。

麻美はノッカーを叩いた。

窓の向うに顔がのぞき、内側から扉が開いた。

「これは、麻美さん。いらっしゃいませ」

タキシードを着た男が出迎えると、ダイアナ・ロスの歌声が流れ出した。

「久し振り、元気？」

笑顔を見せながら、麻美は、その浅黒いタキシードの男の頬をなぜた。

傀は麻美の後について中に入った。

「ディスコ？」

「そう。嫌味な会員制の」

傀の腕をつかんで、彼女は囁いた。

店内は、日曜と台風が重なって空いていた。ネオン管が透明の床下に埋めこまれたフロアでは、白人の若い女が二人、抱きつくようにして踊っていた。

半分も埋まっていない、暗いボックスに二人は案内された。

イヤリングを落としたら、それこそ五百Wのスポットライトでも使わぬ限り、見つからないほどのソファの平野と照明だった。

その平野に二人が埋まりこむと、ブランデーのフロスティボトルとグラス類がうやうやしく運ばれた。

「私あての荷物ない？」

ウェイターに麻美は訊ねた。

「ああ、先ほどカズさんがお持ちになりました。クロークにございます」

「カズオ一人で来た？」

「いえ、女性二人をお連れで」

「あのヤロウ、一度、とっちめてやらなきゃ」

ウェイターと話を合わせている麻美を遠い世界のものに感じながら、傀は見つめていた。

「ブランデーでいい？」

麻美の問いに、傀は頷いた。

「飲むわよ」

「乾杯。きょうはするわ」

耳元で叫ぶ。

グラスを合わせた。

「いつもこうして遊んでいるのかい」

「どうして、そんなことを訊くの」

「…………」

「あなたは遊ばなかった？」

「いや、いろいろやったよ」

「じゃどうして」

「再婚はしないのかい」

「嫌な人ね、そんな話をするなんて」

傀は黙った。

「疲れたようね」

「二度も投げとばされたからね」

目をみはった。

「花木に?」

傀は頷いた。

「彼は凄い。あの年であんなに強い男は見たことがない。ラリーと、いやひょっとしたらラリーより強いかもしれない」

「五十八よ、今年で」

傀はグラスを唇にあてた。

「強い男に憧れているのね」

その腕を押さえて、麻美はいった。

「目的のためには必要だった」

「強い男は好きじゃないわ」

傀から目をそらして、ステージを見ながら麻美はいった。

ステージには、痩せて少年のような体つきをした若者が二人加わっていた。

「どうして」

「早死にしたがるから」

傀は麻美の横顔を見つめた。

陰があった。

光線のせいなのか、思いのせいなのか、傀にはわからなかった。

不意に向きなおるといった。

「踊りましょ」

二曲ほど一緒に踊った。

チークタイムになって、傀が席に戻ろうとすると麻美がひきとめた。

柔らかで、暖かな体が傀の胸の中にあった。しなやかだが、もろさはない。

傀は意識して体を遠ざけた。歯をくいしばって、自分を押さえた。

「傷はいいの、もう」

「ほとんど」

苦しい声を傀は出した。

麻美は傀の腰に回した手をほどいた。傀の首にかけるとひきよせ、眼を見つめた。

酔ってはいなかった。

「帰ったら、私を抱いて」

麻美はいった。

6

暖かく乾いた手が傀の胸をまさぐっていた。軽く押しつけるようにすべり、平らな腹筋を確かめる。

傀は眠気と心地よい疲れに、沈みこむ自分の肉体の重さを感じていた。

傍らの麻美がうつぶせになると、傀の耳元で吐息を洩らした。

「若いって素晴らしいわね」

「君と大して変わらない」

「すごくちがうわ。男の二十五と女の二十七なんて、十歳以上ちがうわ」

傀の胸の上に頭をのせ、暗がりの中で目をのぞきこんだ。

「セックスをするとそれを感じるの。ああすごくちがうんだなって」

麻美の言葉が、傀の下半身に再び力を呼びそうだった。傀は麻美の首すじに手をのばした。ひきよせて、唇を合わせる。

リードは麻美がとったのだ。保護を求めるように、男の体のうちにすべりこんではきても、熱い体をあっさりと開くことなく、傀の感情と官能をもてあそんだのだ。

ほっそりしてみえる外見からは、はかり知れない豊かな胸と強い力があった。

傀が一気に麻美を貫いたとき、呻きながらも、より深度を求めた。激しく体を押しつけ、ひくことを許さなかった。

相手が満足したかどうか確認することはなかった。麻美は達し、それを言葉と体の両方で表現してみせた。三度目に、傀は堪えていた力を解いた。耐えていたぶん、奔流は勢いが激しかった。

全身が、麻美の中に流れこんだような気がした。しばらくの間、麻美は唇をわななかせたまま、動かなかった。

「嫌な話していい？」

ダブルサイズのベッドにつくられた戸棚を開き、麻美は煙草を取った。のびた腋下に傀は唇をあてた。

肩から首すじにかけて肌がわなないていた。

ライターを点すとき、傀は目をそむけた。

寝室にも窓があった。ブラインドを横にしたガラスからは、走査線に切られた港が見えた。

「花木の身代わりになったの、夫は」

傀は無言で、麻美の肩を抱きよせた。

「あのベンツはそのときに買いかえたものだわ。前のはクシャクシャになってしまって」

「事故？」

「に、見せかけられたの、ダンプとトラックにはさまれて」

「愛していた？」

麻美は両肘をついた姿勢で傀を見おろした。短いキスを与え、耳元まで唇をずらす。

「いたわ。強い男じゃなかったから——」

傀の腕に力がこもった。

「だから花木を憎んだ？」

麻美は答えなかった。ひと吸いすると、煙草をもみ消し、体を下げた。

「ねえ……」

手を下にのばした。

「日本人の女抱いたの、初めて？」

傀は頷いた。

「どう？」

体をずり下げ、傀の胸に唇をおいた。傀の体に力が戻ってきていた。

「素敵だ」

かすれた声で傀はいった。含み笑いをすると麻美は唇を下げた。傀の力を暖かく柔らかな潤いが包んだ。

傀は体をのばした。

「溶かしてあげるわ」

唇を離すと、湿った声で麻美はいった。傀の脚の間に、麻美の頭が沈んだ。髪が太腿の内側をなでる。

傀はつきあげてくるものに、拳を握った。

胸の奥に、どうしようもなく切ないものがあり、ふたつが合わさって、呻きがもれそうになった。


花木からの電話が二人を目覚めさせた。毛布の上に広げておいたバスローブは床に落ちていた。傀が目を開くと、窓からいっぱいにさしこんでいる光の中で、麻美がそれを拾い上げ、羽織るのが見えた。リヴィングルームに出てゆく。

電話のコードをひきずって、麻美は戻ってきた。

傀は寝室を見回した。昨夜は気づかなかったが白一色の部屋だった。

白のシャギー、白のテーブル、白のロッキングチェアー。だが、個性は感じない。

受話器を麻美がさし出す直前、傀はボーンチャイナの皿にはめこまれた時計を見た。

午前十時だった。

「お早う。どうやら君のことをつきとめようと、東京では躍起になっている連中がいるようだ」

「俺が撃った男たちの仲間か？」

「多分そうだろう。死体を放置しておかなかったのは、そこからたぐられて警察とだけはトラブルを抱えたくない、後藤の現状がよくわかるね」

「後藤がいるところはわかった？」

「いや、まだだ。それを知っているのは真木野ぐらいのものだろう、奴も今はひどく用心しているようだ――」

「なぜ」

「君が二人の男を撃ったからだろうな。君が何者だかはわからないが、敵対する者であることだけは、わかったようだ。私の名を出す者には自動的に反応するような、警戒組織が張られているのだろう」

「向うも行動を起こす？」

「冷戦状態に火をつけたのは君だ。疑獄事件の容疑者にされている身とはいえ、命がおしくなればあらゆる手段をとるだろう。私もうかつには動けなくなる」

「どうするんだ」

「明日、迎えをやる」

「わかったよ、……あんたに任せる」

「よろしい。では」

切れた電話器を傀は麻美に渡した。

「どうやら、俺は花木をジャングルにひっぱりだしたようだ」

「それがあなたの望みだったのじゃなくて」

無表情に麻美はいった。

麻美が友人から借りた洋服は、少々ゆるめではあったが長さの点では、傀の体に一致(いっち)した。

コーデュロイのスラックスと、ハイネックのセーターになめし皮のハーフジャケットを着けて、ジーンズに太い毛糸で編んだカーディガン姿の麻美と、朝食に出た。

麻美がベンツを運転した。丘のふもとにある商店街で食料品を買いこむと、カフェテラスに二人は入った。台風が去ったあとの空は晴れていた。

「なぜ、こんなに若い女性が多いんだ」

クレープとグレープフルーツジュースの朝食を摂(と)って、傀は訊(たず)ねた。二階にあるカフェテラスのガラス張りの壁(かべ)から見おろす街は、十代から二十代にかけての娘たちで埋(う)まっている。

「この通りは女の子に人気があるの。それに女子高や女子大が付近にはあるわ」

傀は肩をすくめた。

「興味がなさそうね」

「ちがう、興味はある。けれども今は立場がちがいすぎる。おそらく、永久にそうかもしれない」

「そんなことはないわ。あなただって普通(ふつう)の暮らしができるのよ」

「そうすれば理解できる？」

麻美は頷(うなず)いた。

「多分――俺(おれ)はちがうと思う。彼(かれ)らとは」

傀はガラスごしに行きかう若者をさした。

「どこが」

「わからない。育ち方や考え方かもしれないし、少なくとも人を殺そうなんて思ってない。あの連中は」

「あなたもそう見えるわ、今は」

「そういう顔をしている方が――」

いいかけて傀はためらった。

「どうしたの」

「いや、わからなくなった」

「ちがうわ、あなたのいいたいことわかるわ。そういう顔をしている方が私が機嫌(きげん)がいい、そういいたいのじゃなくて」

「花木を殺すと俺がいっている間は、君はそうでもなかったよ」

「どうでもいいわ。話して変わるわけじゃない。どこか行きたいところある？」

傀は首を振った。

「ただ、後藤や真木野について知りたい」

「それは花木が話すわ」

「君は恐(こわ)くないのか」

「何が、狙われるかもしれないことが？　それは嫌よ。でも何かがしたいってことは、私にはないの。毎日、生きてゆくだけよ」

「結婚、した人が死んだから？」

「かもしれないわ。子供は欲しかった」

「でも、その男は君を裏切っていた」

「はっきりいうわね。でも気にしてないわ。女を愛さない男より、たとえ二人でも三人でも女を愛する男の方がましよ」

傀は言葉を失なった。

麻美が立ち上がり、レジに向かった。麻美が傀のことをどう見ているのか、彼にはわからなかった。

部屋に戻ると、傀は買いこんできた新聞を広げた。どの新聞にもTホテルの記事はなかった。

彼らは死体を完全に始末してしまったのだ。そうしておいて再び、傀を捕えようと網をめぐらしているにちがいない。

傀には想像もつかない力だった。たとえばラスヴェガスをマフィアが支配しているといった、そんな組織図ではないのだ。

警察とは関わりなく、それができるとすれば途方もない数の人間を備えているにちがいない。

顔も姿も知らぬ後藤という男の正体を、傀は、はっきりつかまえたかった。十七年前に自分の父が襲い、失敗した男。

傀の心の中にあるのは、明確な殺意だった。生きてきた、育ってきた、その過程で、殺意だけを拠所にし、ここまで来たのだ。

その殺意を誰にも向けることなく、捨てることはできなかった。

あるいは、誰かに向けてそれを奔しらせて初めて、傀は、麻美のいう「普通の若者」になれるのかもしれない。儀式なのだ。

傀は花木を疑ってはいなかった。傀の養父である桐生は、傀の父親と同郷であったという理由だけで、傀をひきうけたのだ。

傀の父、大島、桐生の三人は、同郷の石川県の同じ小学校を卒業したのだという。

傀の父親の記憶は、しかし強かった。母をなくした後、父は暇を見つけては傀といっしょに過ごしてくれた。家にいるときは常に二人でいた。電話が鳴ると父親が出て行く。時には何日も帰らぬことがあった。そのため、出かけるときは必ず、大島の家に傀は預けられた。

目黒区・中目黒という土地にその頃、父子は住んでいた。木造の、何の変哲もない二階家だったと、傀は記憶している。

体を鍛えることが好きだった父は、その六畳間で、傀とよくプロレスごっこをしてくれた。当時、プロレスは全盛だった。

そして、ある日、父は出かけたきり帰らなかった。

佐和田徹。

父がどんな仕事をしているか、訊ねたことはあった。父はそんな時、困ったような顔をしていた。

「お父さんの仕事は、まだ傀には難しいんだな。いつか、説明してあげよう」

小学校に二年ほど通う間、父の職業欄は常に「会社員」と書きこまれていた。

傀は父の死を羽田空港で知った。いつものように父が仕事ででかけ、傀は大島の家に預けられた。大島家には、大島と老母が二人で住み、小さな雑貨屋を営んでいた。

ある日、大島家でいくどか顔を合わせたことのある桐生が訪れ、傀を空港見物に連れていってやるといったのだった。

後から思えば、父は自分の死ぬ日のことを考え、すべてを桐生に託していたのかもしれない。

そのときは、父の帰りがいつもに比べ遅かった。普段は四、五日で戻ってきた父親が一週間以上、帰らなかった。

空港で飛行機に乗ろうといわれ、傀は初めて駄々をこねた。

そこで桐生は新聞を見せたのだった。

佐和田徹という三十二歳の男が射殺死体で発見され、犯人として花木達治が捕えられたという記事を。

父は仕事の内容を一切、傀に知らせまいとして、花木の名を口にしたことがなかった。新聞では、父の職業も花木の職業も何も書かれてはいなかった。なぜ父親が撃ち殺されたのか、傀にはわからなかった。

家に帰ろうとする気力を失くした傀を、桐生はハワイへ伴ったのだった。

花木への憎しみを育んでいることを、桐生が知ったのは傀が十六のときだった。

ただ忘れろといわれた。

そして、桐生が癌で倒れた四年前、桐生は初めて傀に、父の仕事と花木の関係を話したのだった。だがその桐生にも、なぜ花木が傀の父親を撃ったのかはわかっていなかった。

ただ、傀の父親が血にまみれた仕事をするときの、花木がバディであったということだけであった。

自分の父親が殺し屋であったことを知ったときの、傀の衝撃は大きかった。しかし、それまで育んできた花木への殺意はもっと強大であったのだ。

「君はどんな育ち方をしたんだ」

傀は、買いこんできた雑誌を読んでいる麻美に声をかけた。

麻美は無言で面を上げた。ある意味では、傀と麻美はほぼそっくりの育ち方をしたのではないか、傀は思った。

「花木が殺人罪で服役している間は施設にいたわ。出てくると、花木は私をひきとった。

最初の二年はいっしょに暮らした。それからは私は独り暮らしよ。花木の敵に、私のことを知られるのを、花木はひどく恐れたの」

「自分の両親のことを知っている？」

「知ってるわ。父が花木の昔の同僚だったことも。私は二つの時から花木に育てられたの、最初は花木を本当の父親だと信じていたわ」

麻美はソファから立ち上がった。

「コーヒー、飲む？」

傀は首を振った。

広い、その部屋には眺望の他には、主の個性を表わすものはなにもない。

部屋に合わせるようにおかれた調度品だけだった。

「本当のことを知ったのは、花木があなたのお父さんを殺した罪で捕まったときね」

「待ってくれ、君はいったいどれくらい知ってるんだ」

「すべてよ。花木は隠さないわ。私の夫が殺されてからは……」

傀の隣に腰をおろした。

「私はずっと何も訊かないでいたの。花木は私に経済的な援助だけは、あり余るほどしてくれた。私が結婚したときは、あの家を与えてくれたし。ただ、私が花木と頻繁に会うことだけは、警戒して、許さなかった」

「結婚したのはいつだい？」

「六年前。一年後に夫は死んだ——本当はそのとき、花木は後藤を殺す計画を実行に移す気だったようね。ところが準備を始めてすぐに、あの疑獄事件がおきて後藤も真木野もひどく警戒し始めたの。そして、花木を抹殺する動きもなくなったわ。ただ、用心して息をひそめている——いたの」

「なぜ、もっと早く後藤を殺そうとしなかったんだ、花木は」

麻美は傀の面をのぞきこんだ。

「私の子供を見たかったのよ、私が結婚したから……。私に子供が生まれて、その子をひと目見れば、花木はいつ死んでもいいと考えていたのね」

「花木は君を、愛している」

目を閉じて、麻美は頷いた。

「ひどいもんだわ。そのおかげで、私の夫は医師免許を剝奪され、命を落とすことになったのよ」

傀は麻美を抱きよせた。麻美は傀にもたれかかった。そのとき初めて、傀は昨夜、内奥にあった切ないものの正体がわかったような気がした。

傀は異郷での成長の中で、殺意を支えにした。

しかし、この女には何も与えられなかったのだ。傀は麻美が憐れだった。

午前二時、電話がかかった。麻美の作った夕食を摂ったあと、二人はチェスを指していた。

傀のエネルギーは眠りをよせつけなかった。

麻美が電話を取った。しばらく、相手の言葉に耳を傾けていたが、顔が血の気を失うのを傀は見た。

受話器から耳を離すと、傀にさし出した。

「もしもし――」

「私だ。カジノが警察に摘発された。そうはならぬよう所轄に手を打っておいたのだが、どうやらその刑事も一緒に捕まったようだ。

警察は贈賄と、両方の罪で私を追っている。後藤が本気になってまた私を潰そうと動き始めたにちがいない、手を汚さずにね。

無論、私は捕まるわけにはゆかない。あのカジノには私にとって大事な人間が幾人も客でいた。その人たちのためにも捕まるわけにはいかんのだ。

明日といったが、予定を早めねばならんだろう。これから迎えの者をそちらにやる。麻美と二人で来て欲しい。おそらく、警察はともかく、彼らは君達をマークしているはずだ。ひどく危険なことになる。

麻美を頼む」

「わかった」

傀は答えた。

「あんたは今どこにいるんだ」

「まだ、東京だ。今はまず、麻美を避難させたい。成田に連れてゆくつもりだ」

「賛成だな。しばらく外国にいた方がいい。そうだ、カウアイなら俺の知り合いがいる。農園もあるし、面倒を見てくれるはずだ」

「……わかった、そうしよう」

花木の声に疲れがあった。

「あんたは大丈夫なのか」

「いつでもこうなった時の準備はできている。一時間以内に迎えをやる、わかったな」

「わかった」

電話は切れた。傀はふり返った。麻美はじっと見つめていた。

「ハワイに行けばいい」

「いやよ」

「どうして？」

「あなたたちといっしょにいるわ。どうせもう私のことも花木の敵にはバレてるわ。だったら一緒にいてもかまわないわけでしょ」

唇をかんだ。

「馬鹿な、花木は君のことを心配して――」

「あなたはどうなの」

叩きつけるように麻美はいった。

「俺は――」

「あなたも私と同じじょ。若くて。花木やあなたのお父さんの犠牲者じゃない。あなたが行くのなら、私も行くわ」

「俺と君はちがう、俺は男だ」

「そんなことは関係ない、私は……」

「いいから仕度するんだ!」

傀は怒鳴った。

麻美は無言で踵を返した。傀は借りた衣類をバッグの中につめこんだ。弾丸の箱を出し、十発ほど抜くと皮ジャケットのフラップのついたポケットに入れた。スマイソンをベルトに差しこみ、麻美が寝室から出てくるのを待った。

「あなたは楽しんでるのだわ」

麻美が小さなスーツケースを抱えて現われるといった。

「闘いを楽しんでいるのよ。花木もそう。ただ、あなたたち強い男は、自分の周囲の人間を考えない。他人が傷ついたり、悲しんだりすることをかまわない」

「花木はちがう」

傀は固い表情でいった。

「俺の父は、自分だけのために死を選んだ。だが花木はあんたのために生きのびようとした。殺人犯になっても」

「あなたはどうなの」

「これしかないんだ、俺は」

「ジャングルの外に出ようと思わないのね」

インタフォンのブザーが二人の会話を中断した。

麻美はインタフォンの受話器を取った。

「はい。わかったわ、今降ります」

インタフォンの横にあるスイッチを入れた。フロアのオープナーを作動させたのだった。

「確かに迎えの者なのか」

「そうよ、村田だわ」

投げやりに麻美はいって、スーツケースを取り上げた。

部屋を出ると先に麻美はエレベーターにのりこんだ。顔を強張(こわば)らせて傀もつづいた。

フロアでエレベーターを乗りかえる。フロアでは村田が待っていた。

昨日とちがい、今日は上品なグレイのスーツにネクタイをしめている。

「これを」

エレベーターからおりた麻美に腰をかがめ、封筒(ふうとう)をさし出した。

地下駐車場(ちゅうしゃじょう)につづくエレベーターに向かって歩きながら麻美は訊(たず)ねた。

「旅券と現金でございます。成田のホテルは平河のお名前で予約してございます」

　麻美は無表情で封筒をバッグにしまいこんだ。

　エレベーターに再び乗ると地階につづくボタンを、傀は押した。

「お車は用心して、別のをお持ちいたしました」

　下降する箱の中で村田はいった。

「そう」

「まず、麻美様を成田までお送りいたし――」

　エレベーターの扉が開いた瞬間、傀は二人をつきとばした。

　三人組の男が目に入った。中央の男が腰だめにして消音器のついた自動小銃、イングラムを構えていた。

　エレベーターの扉を閉じるボタンを押したが間に合わなかった。

　銃声とは思えぬ連射音がひびき渡った。上昇ボタンをエレベーターの壁にはりついて押した。

　エレベーターの壁に弾痕がならぶ。

　男たちが駆けよってくるのが見え、傀はようやく閉まり始めた扉のすきまからスマイソンを盲射した。

「大丈夫か!?」

「なに？」

麻美が村田に助けおこされながら頷いた。

エレベーターは一階で止まった。扉が開くと、スマイソンをつき出しながら、傀は飛び出した。フロアは無人だ。

「ロビーの中に戻るんだ、早く！」

麻美の手をひいて、傀は駆け出した。村田がつづく。

「キイは⁉」

麻美がバッグからロビーのガラス扉のキイをとり出した。傀に渡したはずみに、バッグを床に落とし中味が散乱した。

「かまうな」

傀は怒鳴って、鍵穴にキイをさし込み、重いガラス扉を押した。

足音が階段を駆け昇ってくる気配があった。二人を駆けこませ、ガラス扉を背中で閉めると、傀は駆け出した。

背後で連射音が轟き、ガラスが砕けた。

麻美の悲鳴が聞こえた。傀は左肩を下に床に体を投げ出すと、一回転した。

遮蔽物が何もない状態で向き直ると、先頭の、イングラムを持った男の姿が粉々に砕けたガラス扉の向うにあった。

胸のあたりを狙って両手でかまえ二発撃った。男の体が吹っとび、背後にいた男を転がした。

その男が死体の下から逃れようとしているのを狙ってトリガーをのぞきつづけた。弾丸は一発しかでなかった。それが死体とその下の男を三十センチ後方に跳ねとばす。傀は空になった拳銃のトリガーを絞りつづけた。三発空撃ちをしたときに気づいた。シリンダーを開け、薬莢を振り落とすとポケットから新たに六発こめた。こめおわるまでに何発もこぼした。

装塡した銃を手にして、後退りした。

脚が何かに触れ、振り返った。

村田が呆然と麻美を見おろしていた。後頭部が血に染まり、髪が何本か床に落ちていた。

傀は麻美の体を持ち上げた。

「来いっ」

村田に怒鳴ると、麻美の体を脇に抱え、ひきずりながらもう一度、地下駐車場につづくエレベーターに向けて走った。

頭が熱い何かで満ち、考えではなく体で行動していた。村田が背後で何か叫んだが、何をいっているのかわからなかった。

箱の壁に動かない麻美をもたせかけ、扉にむけて銃をかまえた。地下駐車場に降りつき、扉が開くと、男が一人うずくまっていた。

迷彩色の戦闘服は、ロビーで撃った二人と同じだ。血溜りの中でもがいている。

村田が麻美の体を抱きおこす気配があった。熱い頭で傀は、もがいている男のうなじに銃を向けた。

傀に入口を塞がれ、麻美を抱いた村田は動けないのだった。

傀の唇から言葉にならない叫びが発した。トリガーをひき、男の頭が弾けた。

傀は死体に駆けよった。狂ったように弾丸を撃ちこみたい衝動にかられた。

「こっちです」

かすれた声に傀はふりむいた。麻美の両腋に手を入れ、苦しげに村田がひっぱっていた。

黒塗りの日本製の車の前で、村田は立ち止まって喘いでいた。

「麻美さまを」

傀は麻美の体を抱き上げた。村田が後部席の扉を開いた。シートに麻美の体を横たえると、傀は助手席に乗りこんだ。

村田が運転席にすわり、ルームミラーに目をやると車を発車させた。

「あさみーっ」

傀はふり返ると、手をとって怒鳴った。そのとき初めて、仰向けになった麻美の目が瞠かれたままであることに気づいた。

傀の喉が詰まった。声が出なくなり、喉だけが鳴った。

髪をかき上げた。額に射出孔があった。

車が大きくバウンドした。サイレンを鳴らしてすっとんでゆくパトカーとすれちがう。

傀は麻美に両手をのばそうとして、右手にまだ拳銃を持ったままでいることに気づいた。手を振ると、銃が床におちる。

麻美の目を見つめた。生気はない。

傀はもう一度、喉を鳴らすと嘔吐した。

吐き気はいつまでもおさまらなかった。傀はいくども膝の上に戻した。

村田は無表情でハンドルを操りつづけていた。

「どこへ……行くんだ」

傀は苦しい声で訊ねた。

「………」

「どこへ行くんだ」

「花木さまのところです」

車は二時間近く走った。高速は使わなかった。道路封鎖を考えてさけたのだった。

東京に向かっているのか、離れていくのかすら傀にはわからなかった。

いつか、左手に海岸線を見ながら走っていた。夜が明け始め、水平線がくっきりと海と空を分けているのが見える。

村田は車を左折させた。海岸線に向けて下ってゆく。

行きついたそこがマリーナのようなところであることが傀にもわかった。

傾斜したコンクリートの岸壁にむけ、ヨットやクルーザーが何隻も繫留されていた。ひとけのないマリーナの駐車場に、車を入れエンジンを切った。

正面がマリーナの事務所らしく、ガラス扉にカーテンがひかれ灯りはなかった。左手が海になっている。

「麻美さまをお運びしましょう」

目を走らせていた傀を促すように村田はいった。

「どこへ？」

「クルーザーです。花木さまがそこでお待ちです」

傀は麻美の体に、村田がトランクから出した毛布をかけ抱き上げた。

麻美は軽かった。村田が先に立って案内した。

渡り板をこえ、かなり大きなクルーザーに村田と、麻美を抱いた傀は乗りこんだ。

「ＡＳＡⅡ」

そのクルーザーの名だった。

甲板の狭い階段を下ると、暖かなキャビンに花木がいた。ジーンズに、襟に毛皮をつけた防水ジャンパーをきている。

傀はキャビンの二段ベッドの下に、毛布でくるんだ麻美を横たえた。

固定された椅子にかけていた花木がさっと立ち上がった。

瞠いた目で傀、村田を交互に見つめた。

「何があった」

しぼり出すように花木はいった。

「三人、来た。自動小銃を持ってた。やつ、奴らは知ってた。俺が失敗した。あそこで、待って、撃てば、よかった」

傀はつぶやいた。

土色の花木の顔は無表情だった。傀の言葉が理解できたわけではなかった。

麻美の死体に歩みより、そっと髪をかき上げた。傀は瞬きもせずに、それを見つめていた。

花木の手が麻美の目を閉じた。

「村田、船を出せ」

花木は低くいった。老人は無言で操舵室につづく階段を上がった。

花木はキャビンのデスクから、酒壜をとり出した。キャップを取り、傀にさし出す。

傀は立ちつくしたまま、虚ろにそれを見ていた。

「飲め」

傀はかぶりを振った。

「飲め！」

花木はウィスキーを押しつけた。傀はひと口、飲み下した。

喉を火が下ると、傀は歯をくいしばった。

そしてキャビンの床にしゃがみこんだ。

花木がウイスキーをあおるのが、気配でわかった。

傀は顎が痛くなるまで、そうして歯をくいしばっていた。

「その三人はどうした」

花木が傀の肩に手をかけてゆすった。

「殺した」

傀は口を開いた。唇がふるえる。

「ころした、ころした、ころした、ころした……」

傀はいいつづけた。

涙があふれ出した。

第二部

1

花木は沈黙し、考えていた。彼の前には、村田が作った夕食の残りが並んだテーブルがある。

テーブルを隔てて、傀と村田がすわっていた。部屋は暗い。

そこは小さな島だった。日本の、どのあたりにあるのか傀には、見当もつかない。

海に、麻美の亡骸を沈め、「ＡＳＡⅡ」はその島に停泊したのだ。

三日が過ぎていた。

その島の中央部、小山のように盛り上がった森に丸太小屋のような小さな住居があり、三人はそこで寝起きしていた。

他の人間との接触はいっさいなかった。

そこが花木の「隠れ家」なのだろうと、傀は想像していた。

テレビはなく、ラジオだけが唯一の情報源だった。食料は保存のきくものは島に、そして他の種のものは「ASAⅡ」に積みこまれていたのだ。

苦痛と悲しみに満ちた二日間だった。切れぎれの睡眠しか、傀はとれなかった。

酒は「ASAⅡ」で花木が飲ませた一壜だけのようだった。粗末な小屋には、見当たらない。

麻美は、傀の心に強烈な印象を刻みこんでいた。出会ったときの揶揄するような口調、怒ったときの美しさ、ディスコでの横顔にあった陰、そして傀の体の下で情熱を迸らせ喘いだ肉体、それらが傀にまとわりつき、最後に、虚ろに瞠いた死に顔が重なる。

そのたびに傀は身を震わせ、激しい吐き気に襲われた。

エレベーターで一階まで昇り、ロビーのガラス扉をくぐり抜けたときに、傀はそこに止どまるべきだったのだ。止どまり、階段を駆け上がってきた男たちを、銃で牽制すべきだったのだ。

傀が男たちに背を見せたために、自動小銃の一連射が加えられることになった。

そのために麻美は死んだのだ。

しかし、そのことを花木に告白できずにいた。クルーザーに乗りこんだ直後、途切れ途切れに花木にいった言葉の意味を、村田から詳しく麻美の最期を聞かされたにちがいない花木は、察しているはずだった。

花木も何もいわなかった。

電気も水も通わぬ島で、ただ重苦しい日を過ごしてきたのだ。

初めて食事らしきものを摂ったのが、その夕食だった。

花木は組んでいた腕をほどいた。

「わからんことがある」

「………」

「なぜ、麻美を襲ったのかということだ」

傀は花木を見つめた。花木はジャンパーにジーンズという、クルーザーの上と同じいでたちで、着たきりだった。傀も村田も、それは同じだ。

木を組んでこしらえたテーブルにおいた煙草を、花木は取った。その指は黄色く変色していた。

傀と同じく眠れぬ夜を、花木は煙草を吸いつづけて過ごしたのだ。

「Tホテルで傀くんを襲ったのは、君が目当てだったのだろうと私は思う。私のカジノを警察を使って襲撃させたのは、私の動きを封じるためだ。彼らは、常に私の存在を意識していた。それは私が、本当に後藤を殺す気でいることを知っていたからだ。十七年前に梶が死んだことで、私には後藤を殺す理由がなくなったはずなのだ。にもかかわらず、彼らが私を忘れなかったのは、私が君のお父さんを殺した真のわけを知っていたからだと思っていた。

私は黙秘したまま断罪され、服役した。私の心中には、自分の相棒を死に追いつめたのは、後藤継男だという恨みがあった。そしてまた、仕損じた仕事を必ずやり通さねばならんという気持もだ。

後藤にしてみれば、それは逆恨みかもしれん。政治権力を巧みに操って、私の存在など潰してしまうことなどわけはなかったはずだ。

だが、私は奴が考えた以上にうまく立ち回った。尻尾をつかませず着々と、今の財産を築きあげた。後藤を狙うという意志は、まったく捨てたような姿に見えた、と思う。

後藤はしかし、それを信じてはいなかった。私と佐和田は一度、彼に会っている。奴を殺すのに失敗したときだ。佐和田は傷を負い、私は彼を連れて逃げねばならなかった。

私が佐和田を殺した殺人罪と、後藤に対する殺人未遂の罪で裁判にかけられたとき、奴が姿を現わした。奴は私を見、私は奴を見た。

奴にはそのときにわかったのだと思う。私が何年牢獄にいても、後藤を殺すことを決して、あきらめないことを。

だが、刑務所を出てからの私の行方をつきとめるのに奴も苦労したようだ。ようやくつきとめたときに、一度奴は私を殺そうとした。麻美の夫がそのときに死んだ。

自分を狙った人間を奴は決して忘れない。たとえ、その人間がその罪を法律によって裁かれた後も、許しはしない。自分の敵の存在を、たとえどのように小さなものでも許さぬ男なのだ。

そして奴が最も私を恐れた理由は、私がもしその気になれば法律を犯しても、尋常の手段でなく奴を抹殺しようとすることを、奴が知っていたからだと思う。奴は法廷で、私に、冷酷な殺人の専門家を見たのだ。

だが、私を殺すことによって自分も罪に陥るような、そんな愚かな男ではない。巧妙に人を使い、私だけを消そうと奴は図った。

傀くんを捕えようとしたのは、私について君がどんな意図を持っているのか奴が知りたかったからだと思う。

そして、君が奴の手下を殺してしまった。奴は焦った——君が自分に敵するものだと思ったからだ、私につながってね。

私のカジノを封じたのはそのためだ。しかし、麻美を襲わせた理由が私にはわからない。奴が無差別な殺人を、部下に命ずるとは思えない。麻美を捕えるのは、麻美を監視し、あの子が私の元に行かぬことを知ってからでも遅くはなかったはずなのだ。いきなり拉致、または殺そうとするのは奴のやり方ではない」

「奴のやり方は、あんたを完全に元のあんたに戻してしまった。法律の外にはみ出した殺人者に」

傀がいうと、ゆっくり花木は首を振った。

「元の私ではない。私は年をとった。体力が衰え、戦闘に関する勘を失った。かつてのように、音もたてず獲物に忍びよるのは不可能なのだ。あるいは——後藤もそれを考え、一気に私を踏みつぶそうとしているのかもしれん」

「あんたは手負いの獣というわけだ」

花木は煙草を板張りの床に落とし、はいている頑丈なブーツでゆっくりと踏みにじった。

「これからどうするつもりなんだ」

傀は訊ねた。

花木は目をあげた。

「まず情報を集める。真木野と後藤に関するなるべく多くの情報をだ。そして、私と君がどのていど動き回れるかを知らなくてはならない」

「俺はもう、五人を殺した。立派な人殺しだ。日本にも死刑はあるんだろう」

「ある。絞首刑だ、もし君が警察に捕まり、裁判にかけられて、死刑の判決をうければな」

花木は目を細めた。小さな自家発電機がともす電球は、はかないほどの光しか小屋になげかけていなかった。

「君や村田の話から想像すると、君が殺した男たちは、後藤が使っている私兵のようだ」

「私兵？」

「後藤は表立った政治活動は行なっていない。しかし、その権力と思想に心酔する若者が多いと聞いている。そのうちの幾人かは自衛隊で訓練を受け、後藤のボディガードをつとめているようだ。後藤にとって、彼らに武器を与えるのは難しい行為ではない。問題は、その戦闘部隊を後藤が擁している事実を世間に隠し通すということだけだ」

「あんたが俺の父と後藤を襲ったときも、そいつらはいたのか」

「いた」

「後藤はいったいどんな男なんだ」

「知りたいか」

「知りたい」

花木は一瞬、沈黙した。

「非常に秀れた頭脳を持っている。私が会ったとき、十七年前でもすでに六十を越していたはずだが、背が高く威厳を備えた人物だった。額は禿げ上がっている。眼は冷たい。唇がうすくて、口をつむると一本の線のようになってしまう。話し方はゆっくりとしていて、説得力がある。

戦中、戦後を通じて、思想的にも経済的にも、政治とは切れない立場にいたといわれているが、戦犯として裁かれることはついになかった。私はきわめて、彼に似た人物を知っている。いや、知っていたというべきか。

私を訓練した旧軍人、井田という元中佐だ。旧帝国陸軍情報部で、暗殺のエキスパートといわれた男だ。賢くて、非情な男だ。だが、保身の術に関していえば、後藤の方がはるかに上回っている」

傀は花木の言葉を聞きながら、身内にゆっくりと殺意がふくらんでくるのを感じていた。麻美が殺された今、それは明確でゆるがなかった。

「あんたはどうやって情報を収集するんだ」

「ここにいる、村田を使う」

花木はいった。村田は毛皮のチョッキをネルの厚いシャツの上に着け、作業ズボンをはいた姿で沈黙を守っていた。無言で、影のように花木の手足になる老人だ。

「あんたには何人も手下がいるのじゃないか？　あのカジノやレストランにいた――」

「あの男たちは、今や警察や後藤の組織の監視下にあるといっていいだろう。それに、私の使っている者では、この村田以外、私と後藤との長い闘いを知っている者はいない」

「だから人を使って、後藤を殺させなかったのか」

花木の視線が冷たくなった。

「私は人を使って人殺しをさせたことはない。刑務所を出てから、人は一度も殺していない。もし、後藤を殺すときが来るとしても、それは自分の手でやろうと決めていたのだ」

「それをやるんだな」

花木はわずかに頷いた。

「後藤を殺すときは俺も一緒だ。絶対に逃がさない、きっと殺してやる」

傀は暗い視線を返した。脳裏にまた、麻美の死に顔があった。

額にあいた射出孔。

翌朝、六時に村田は一人で「ＡＳＡⅡ」を駆って島を出ていった。島に残された傀と花木は後藤襲撃の準備にかかった。

「いいか、人が人を殺すとき、何のために殺す？　それを考えたことがあるか」

「復讐」

粗末な朝食の残り、缶詰めや乾パンののったテーブルをはさんで傀と花木は向かいあっていた。

花木は頷いた。

「戦争は別として、殺人も攻撃と防御のふたつに分かれる。もし君が飢えて、食べるために鳥や獣を殺す――これは何だ？」

「攻撃。相手は俺を殺そうとしていない」

「ちがう」

花木は首を振った。

「それは防御だ。食べなければ自分が死ぬ。そのために殺すのだから、それは防御なのだ。君が今までに犯した殺人はすべて防御だった」

「じゃあ、銀行強盗をして人を殺すのも防御なのか」

「その場合は、まず金が目的だ。君が銀行に押し入るのは、どうしても金が必要だからだ。そこで止めに入ったガードマンや警官を殺す。それは防御だ。だが、何の関係もない行員や銀行の客を殺したとき、それは攻撃になる。

殺人は、そのほとんどが自己の欲望のためにおかされる。

金や権力を得るためにだ。まれに、君のように復讐や思想のためにおかされる。いずれの場合も、相手ははっきりしている。もちろん、麻薬で錯乱した人間が無差別に通行人を殺すのは別だが。彼らの多くは被害妄想にとらわれ、自分の身を守るつもりで人を殺す。彼らにとってはそれが防御なのだ。

私はサディストではない。おそらく君もそうだろう。サディストではない人間にとって、自分を攻撃する意図を持たぬ者を殺すことは容易ではない。まず善悪の観念が邪魔をする。それをとりのぞくのが、飢えや憎しみだ。君は十七年間、私に憎しみを向けていた。

そのため、Tホテルの駐車場で二人の男に襲われた君は、彼らが私の部下であると思い、しかも相手が銃を持っていることで、発砲することにためらいを覚えなかった。

そして横浜の麻美のマンションだ。三人の武装した男たち。しかも君は女性連れだ。発砲され、麻美を撃たれた君は、撃ち返すことに何のためらいも覚えなかったのだ。

二度とも君は防御のために撃ったのだ」

「一発だけちがった。麻美を撃たれたあと、俺は怪我を負わせた男を、確かに殺すつもりで撃ったよ」

「逆上していたからだ」

花木は無表情にいった。小屋は寒く、日が昇っても暗かったが、まったく気にかけている様子はなかった。

「いいかえれば、五人の人間を殺したうち、君が本当に殺意を持って撃った者はその一人なのだ。

私は君に殺人技術を教えこむつもりはない。君は銃の扱いや格闘術にもあるていど長けているようだ。今から訓練するには時間がないし、私自身、教官には不適格だ」

「あんたは何をいいたいんだ」

「心構えだ」

「………？」

「つまり、君は自分に対して何ら危害を与える――その時点においてだが――可能性のない人間は殺したことがないのだ。たとえば蓼科で私に会ったとき、すわっている私を即座に射殺することも君にはできたはずだ。しかし、君はそれをしなかった」

「できなかったということか」

花木は頷いた。立ち上がり、小屋の扉を開いた。小屋の中に淀んでいた煙草の煙が流れ出、かわりに冷えきった空気が傀を包んだ。

潮の香りがした。生臭いその匂いを、傀はハワイではさほど嗅いだことがなかった。

「君はそれまで、私に会ったことがなかった。憎しみ、殺意の対象として私の存在を考えてきたとしても、初めて見た人間をその場で殺すことは容易ではない。たいていの場合、それを強いられた人間は逆上し、自分を失う。だが、殺すことそのものを目的にしているならば、それは許されないのだ」

「あんたは、俺が冷静に後藤を殺せるかどうか、疑っているのか」

「疑っているのではない。できないと思っているのだ。なぜなら、後藤を殺す場に行きつくまでに、すでに君は何人かの人間を冷酷に殺さなければならぬ立場に追いこまれる――私はそう予測している。普通の人間ならば、逆上し、自分をなくす。揚句の果てに、後藤を守る者たちに殺される」

傀は言葉を失っていた。花木のいうことは確かに当たっていると思った。

「戦争ならば、その状況が人間の道徳感覚をマヒさせる。従って、そういった意味での逆上はない。

しかし、これは戦争ではない。もし後藤とそのボディガードたちと戦争をおこなえば、我々が生きのびて、後藤を殺すチャンスは皆無だ。大規模な殺傷力を持つ、兵器でも手に入れぬ限りは、な」

「それはできないのか」

傀は訊ねた。自分が五人もの人間を殺したスマイソンが、後藤という未知の、強大な敵に対して、急に非力なものに思えてきた。

「できないし、たとえ手に入れられたとしても、使う気もない」

花木は小屋の入口から森の中を見つめながら答えた。

「バズーカや、あるいはもっと威力のあるミサイルでもいい。そういったものを手に入れて、後藤を襲撃したとする。そして、後藤の住む屋敷を木端微塵に吹きとばす。確かに後藤は死ぬだろう。しかし君は満足かね」

「………」

「私は自分の手で後藤を殺したい。できれば銃も使わずに、この手で絞め殺してやりたいのだ」

花木の口調は静かだった。しかし、その静けさが花木の決意をあらわしているように思えた。

花木にとって、麻美がどれほど重要な人間であったか、傀は知った。

「私はおそらく冷静でいられるだろう。何年もたって、肉体がたとえ衰えても人を殺す感触だけは忘れることができない。しかし、もし君とコンビを組んで、君が自分を失なえば私たちは二人とも失敗するのだ」

「俺の父親はどうだったんだ」

「常に冷静だった。大変な精神力だ。誰にでも、できることではない――事の善悪を別にすればね」

「あんたは、俺にできると思うか」

「わからない。しかし、体力は私より勝っている。あるいは、気力も年と共に衰えるとすれば、君は私より、生きのびるチャンスがあるかもしれん」

「先のことはどうでもいいんだ。後藤さえ、殺すことができさえすればね」

傀はぼんやりといった。

横浜の元町を見おろすカフェテラスで、麻美と交した会話を思い出していた。

普通の若者になれると、麻美はいった。彼女は傀にそれを望んでいたのかもしれない。

だがもう、その可能性はない。

麻美が死に、傀にはその意志を持つことが永久に来ないのがわかったのだ。

沈黙した花木に、傀はいった。

「俺は、麻美を愛していた」

花木は森を見つめていた。

「麻美が死ぬ前の晩、俺たちはセックスをした。彼女は、素晴らしい、女性、だった」

花木がふりかえって、傀を見た。

「忘れるな、それを。後藤を殺して、生きのびるまでは」

「生きのびなくてもいいよ、俺は」

花木は首を振った。

「私は後藤と刺しちがえてもいい。古風ないい方だがそう思っている。君は私とはちがうのだ。生きた時間が短かすぎる」

「忘れたのか。あんたは俺に、死にに行くようなものだといったんだ」

「考えが変わったのだ」

「どうして」

「おそらく……」

花木は言葉を探した。そして他の表現をついに見つけることができなかったようだ。

「麻美が、死んでしまったからだろう」

傀はテーブルの下においたバッグをひきよせた。中には、拳銃と衣服、弾丸が入っている。

小屋の中は狭く、テーブルの他には二段ベッドが二組あるきりだった。

傀はその中を見回した。

「あんたはどうやって武器を手に入れるつもりなんだ、まさか何も持たずに行くつもりはないだろう」

「武器はある」

「どこに」

テーブルの向かいに戻った花木は傀を見つめた。

花木はアルコールランプを点し、湯をわかした。アルミのカップにインスタントコーヒーをいれる。

「ここと、『ASAII』にだ。私はいつか使うことを考えて隠していた」

コーヒーを傀に手渡すと、花木は木の椅子をひいた。

腰をかがめ床板を見つめる。発見した節穴に右手の指をさし入れた。

床板が持ち上がった。何枚かを外して、腕を床下に入れる。

細長い木箱を抱え出して、テーブルの上に置いた。続いて、五十センチ四方のダンボールを取り出す。ダンボールはビニール袋で包まれていた。

「開けてみたまえ」

木箱の上に花木は十徳ナイフをのせた。傀はそれを手に取り、釘でうたれた木の蓋をはがした。

「年代物だな。今では米軍も自衛隊も使ってはいない。しかし、ケネディを暗殺したのもこの銃だといわれている」

傀はカービン銃を取り出した。油漬けになっており、手がすべった。

花木はダンボールを開いていた。

まず取り出したのは、二個の手榴弾だった。傀の知らぬ型だった。

「ドイツ製だ。おそらく今でも充分、爆発するはずだ」

続いて、拳銃があらわれた。それはさほど大きくないオートマティックだった。

「ブローニングの一九一〇年型だ。三十二口径」

弾丸の箱を取り出して、隣においた。

「後藤を本気で殺そうと思えばこれでも足りないだろう」

花木はいいながら、ブローニングを手にとった。ダンボールに詰めこんであった布ぎれで油をふきとり、マガジンをひき出した。

れた。

マガジンのスプリングを二、三度、試すように押すと、三十二口径の拳銃弾を七発入
マガジンをテーブルにおき、拳銃をとり上げた。スライドをひいて、薬室をのぞきこ
む。

「錆びてはいないようだ」

つぶやくとスライドを戻し、マガジンをはめこんだ。

傀はカービン銃についた油をふきとっていた。木箱の中にはカートリッジの入った箱
もあった。

「そいつを撃ったことはあるかね」

花木が訊ねた。傀は首をふった。

「いい銃だ。第二次大戦で活躍したのだ。ライフルとして使っても、命中精度は悪くな
い」

花木に手渡すと、マガジンを開いた。細長い弾丸を詰めこむ。

ブローニングをベルトに差しこみ、カービンを持って、花木は促した。

「来たまえ」

傀はスマイソンを手にして続いた。

「この島には八年前まで人が住んでいた。だが、過疎化が進み、今では無人だ」

森の中の細い、踏み固められた道を、花木は歩いていた。

「この島から海上で約六キロ離れたところにある島には今でも人が住んでいる。二世帯、六人だそうだ。病人が出ると無線で連絡する。するとヘリコプターが医師を運んでくる……」

花木に続いて、三百メートルほど森の中を進んだ。すると、樹木がひらけた。

「見たまえ」

木造の廃屋が数戸、立ち並んでいた。屋根は落ち、壁は傾いている。

「ここで私は生まれたんだよ」

花木はいった。

立ち止まると、拳銃を抜いた。二十メートル先に、木製の的が廃屋の壁にたてかけられていた。

「五年ほど前から私はこの島に来るようになった」

屋外では、銃声はあっさり吸収される。乾いた音とともに、ブローニングが花木の手の中で跳ねた。

的が木片を散らした。厚い木の板に黒く、マジックで円を描いただけの粗末なものだった。

「そうだ、少し左に寄るのを忘れていた」

つぶやくと、もう一度狙って撃った。

薬莢が、薄い陽の中に飛んだ。

弾着で動いた板が、カタッと鳴った。

「この銃では、これだけ距離があくと人はなかなか死なん。額か、心臓部を狙うのだ」

花木の言葉が白く大気で色を変えた。

花木は無言で連射した。

少し離れてそれを見ていた傀は、その正確さに驚いた。

見守っていると、空になった拳銃を傍らの大きな石の上におき、傀を見やった。

「君のお父さんもうまかった。二人でときどき競ったよ」

傀は無言で、スマイソンを抜いた。両脚をわずかに開き、体を横にして右腕を持ち上げた。

ハンマーを親指で起こし、的を狙った。

ブローニングとは桁ちがいの銃声だった。

木の的は二つに折れて飛び、後ろの壁が砕けた。

的がなくなっても、傀はその位置に、残りの五発を撃ちこんだ。

土壁は粉々になり、三十センチ四方の穴がぽっかり開いた。

撃ち終わると、マナー通りシリンダーを開き、薬莢をおとした。そのままの形で折れた板に歩みよる。

黒点の中央に弾着があった。傀はわずかな満足を味わった。

「その銃で狙われては、壁を楯にしても用をなさんということだな」

花木が歩み寄ってきていった。

傀は頷いた。

「だが、標的にあたらなければ意味がない。どんなに威力のある弾でもな」

傀は無言だった。

「腕には自信があるようだね、君は」

傀は答えずにいた。

「こいつを後藤に対して使えるといいのだが……」

「使う。その前に、何人に対して使うことになってもね」

傀は答えた。花木はのぞきこむようにして傀の眼を見つめた。


村田が戻ってきたのは、それから二日後の夜だった。

その間、傀は花木にカービンの扱いと、武器を使わずに人を殺す方法についてコーチを受けていた。

村田は出かけたときよりも疲れ、老いているように見えた。傀と麻美を横浜に迎えに現われたときに着ていたスーツ姿だった。

不意に現われたため、傀は危く発砲するところだった。時刻は午前二時を過ぎ、二人はすでにベッドに入っていた。

ベッドの中にまで傀は銃を持ちこむようになっていた。

村田は小屋に入ると、テーブルの前に腰をおろした。眼の下のたるみと深い皺が、三日間の老人の苦労を物語っていた。

白いシャツが垢じみ、ネクタイもよれている。

傀と花木はベッドを出ると、手早く衣服を身につけた。

「どうだった、東京の様子は」

花木はテーブルに腰かけていった。傀はアルコールランプを点して、コーヒーを作りながら、会話に耳を傾けた。

「カジノと『グーロ』は完全に警察の監視下にあります。蓼科と成城のお宅も同様です。横浜で麻美さまを襲った三人の死体は、警察に発見されました。現場である、マンションのロビーに麻美さまのバッグが落ちていたので、警察は麻美さまの行方を探しています」

「その三人を殺した犯人については、警察はどう見ている？」

「まだつきとめてはいないようです」

村田は首をふった。傀がコーヒーカップをさし出すと、驚いたように傀を見つめた。

この老人は、傀とはほとんど直接言葉を交すことがなかった。傀に対しては、まったくうちとける様子を見せなかったが、花木には心から仕えているようだった。

いったい、どんな過去を持った老人なのだろう、傀は思った。

それを読んだように、花木がいった。

「この村田は戦争中は憲兵をしていたのだ。戦後、戦犯として裁かれて、身よりも職も失っていたのを、井田中佐が自分の運転手として雇い入れたのだ。従って、君のお父さんも、村田は知っている」

今度は傀が驚く番だった。

「本当か⁉」

「本当です」

村田は頷いた。

「佐和田さまから、あなたの写真を見せられたこともあります。いつも、お持ちでした」

傀は絶句して、老人を見つめた。

「それで、私との関係についてはどうだ」

花木の言葉が、傀を現実にひき戻した。

「それは疑っていません。麻美さまは戸籍上は、花木さまと無関係でしたから」

「三人の身許についてはどうだ」

「一切、不明になっています。自分の身分を証明するものを何ひとつ身につけていませんでした。マンションの駐車場で、その男たちが乗ってきたらしいワゴンが発見されましたが盗難車でした。警察では初め、暴力団と見たようですが、指紋に前科がないため苦労しています」

「無論、後藤は無関係を装っているな」

村田は頷いた。

「後藤の行方は完全に不明です。世田谷の屋敷にも三年近く、一度も帰っていないことをつきとめました。面白いのは十年以上前から、後藤の主治医になっている医者も、一年近く家に帰らないそうです」

「一緒にいるな」

花木はつぶやいた。

「それも東京ではないようです。この五年、海外からのＶＩＰと会うこともなく、また、持っている二十以上の会社の経営にタッチしている様子もありません。戦後ずっと続けてきた、月に一度の首相との朝食会にも出席していません」

「完全に姿を消したわけだ。真木野はどうだ？」

「奴は会社の現役の重役なのでそうはいかないようです。ただ、例の疑獄事件の発覚以来、極端に用心深くなって、出社以外では、ほとんど外出することがないとのことです。それと、この一週間というものは、外国人のボディガードのような男と一緒だそうです」

「外国人の？」

傀が口をはさんだ。

村田は頷いた。

「そうです。何でも四十歳ぐらい、大柄な白人だそうで、家族のように生活を共にしているとのことです」

「一週間？　傀くんが東京に現われてからだな」

「真木野の住居は横浜市内ですが、ひどく警戒を厳重にしていて、警備会社と契約を結んで、保安設備を整えているとの噂でした」

「傀くんについてはどうだ？」

花木の問いに村田は首を振った。

「警察の方ではまったくつきとめていないようです。後藤一派についてはわかりません。ただ、三人の男の死体から見つかった弾丸が、今まで日本の犯罪で使われたことのなかったマグナム弾なので、外国人の線を追っていることは確かなようです」

「私についてはどうだ」

「追っています。警察も、それからやはり正体不明の連中が、警察が捜査を終えたあとの『グーロ』に現われて、花木さまの行方をウェイターから訊き出そうとしたそうです。その男たちは、皆、髪が短く体格が良くて、兵士のように固苦しい言葉づかいをしたそうです」

「おそらく死んだ連中の仲間だな」

「後藤はどこから、そいつらに指令を出しているのだろう」

傀はいった。

「東京ではないとすれば、私に襲われる心配のない場所だろう」

「外国？」

「いや。体の具合がよくないのは本当のようだ。従って、万一のことを考えれば、外国へ行っているとは思えない」

「麻美が都内に借りていたマンションと、平河の屋敷はどうだ」

「警察も見張りをおいています。横浜でおきた殺人の、重要参考人ということになっているようです、麻美さまは」

花木は訊ねた。

「私が東京に戻った場合、どれくらい注意が必要だと思う？」

「そうですね」

村田はつぶやいて、眼を閉じた。白髪の老人の顔には濃い疲労がにじみ出ていた。

「花木さま、麻美さま、どちらのお住居にも、警察と後藤一派の監視の目は光っています。ただ、警察はそれほど用心する必要がないと思います。危険なのは後藤一派です。どうやら、ヤクザにも圧力をかけて、血眼になっているフシがあります。それと、警察の捜査が長びいた場合、花木さまと麻美さまの御関係が発覚するおそれが出てまいります。そうなりますと、かなり厳しい状況になるかと……」

「わかった」

村田は目を開いて、小屋の入口近くにおいた紙の手下げ袋を示した。

「あの中に、この五日間の新聞が入れてございます」

「ありがとう、休んでくれていい。どうやら、できるだけ早く、東京に戻り、行動に移った方がよいようだな。時間がたてばたつほど、我々は動きを封じられていくようだ」

「幸い『ASAⅡ』とこの島だけには、警察も、奴らも、気づいてはおりません」

村田は真剣な表情で、花木を見つめていた。

「いったいどんな行動をとる気なんだ」

傀は花木に訊ねた。

「まず、後藤の行方をつきとめなければならん。それには同じ穴の貉から聞き出す他はあるまい。真木野を捕えて、吐かす——そこからかかることになるだろうな」

花木は答えた。腕組みをといて、煙草に火をつける。

「東京に戻れば、いつ奴らに襲われるかわからんな。どうやら後藤の私兵は並みたいていの数と組織ではなさそうだ」

「覚悟はできてるよ」

傀はいった。

「だが、まずその前に、東京に足場を確保しなければならん。それをどうするか、だな」

考えあぐねたように花木はつぶやいた。

「あ、それから……」

思いついたように村田がいった。

「Tホテルの傀さまの荷物は『ASAII』につんでございます」

「どうやってチェックアウトしたんだ」

傀は驚いていった。

「いえ、チェックアウトしたわけではございません。荷物をただ、持ってきただけです」

傀は村田のそのいい方に思わず苦笑した。

「村田、彼女はどうだろうか」

不意に、花木が訊ねた。

「はい……」

村田は一瞬、花木の言葉の意味を解せなかったように、目をしばたいた。

「はあ、しかし……」

気づくと言葉を呑みこんだ。

「わかっている。だが、彼女なら、頼れると私は思うのだ」

「はい」

花木の言葉に、やむなくといった調子で、村田は頷いた。

「明日、本土に戻ったら、連絡を取ってみよう」

「はい」

「何者なのだ」

傀は訊ねた。

花木は傀を見やった。わずかだが、表情が穏やかになっていた。

「会えばわかるだろう。決して、我々を売るような人物ではない」

「明日、戻るんだな?」

傀は花木に念を押した。

「そうだ。明日、本土に、そして東京に戻る。そうなれば立ち止まることは許されないぞ、いいのだな」

「構わない」

傀は答えた。

「俺はそいつを待っていたんだ」

2

マリーナには、村田がどこからか調達してきたステップバンがおかれていた。ハワイではサーフィンを楽しむ若者たちが、車体を自分の絵やデザインで飾り、内部を寝起きできるようにキャンピングカーに改造するようなタイプだ。

村田がハンドルを握り、助手席に傀が、後部シートに花木が乗った。釣りザオやアイスボックスを、「ASAII」から車に持ちこんだ。アイスボックスには手榴弾と拳銃が隠してある。傀はスマイソンを皮ジャケットの下に差し、手放さなかった。

「ASAⅡ」からはポンプ式の散弾銃を、カービンと共に持ちこみ、偽装してバンに積みこんだ。

バンは、海岸線を走り、やがて高速道路に入った。

「東名高速」という表示を傀は見た。

「あのマリーナは東京の西にあるのか」

傀は運転する村田に訊ねた。

「そうだ」

花木が代わりに答えた。花木も村田もジャンパーにズボンと長靴をはき、釣り人をよそおっている。

「東京にはいつごろ着く?」

東名高速道路を平均時速百キロで走り始めると傀は訊ねた。

「そうだな、あと二時間というところだな」

花木は腕時計をのぞいていった。和服を着て蓼科の別荘の座敷にすわっていた姿とは似ても似つかぬいでたちだが、不思議に落ちつきがあった。

どのような服装をしても着こなしてしまうにちがいない。

スーツでも、タキシードでも。

「午後五時といったあたりだ」

村田の肩ごしに、高速道路の行く手に目をやりながら、花木は続けた。

「どこかで食事を摂った方がいいだろう。六時から何も食べていないからな」

「はい」

村田は頷いた。

「車を都内に入ったら乗りかえられるといいのだが」

花木がつぶやいた。

「これは盗んだのか」

傀は訊ねた。

「いいえ、借りたものです」

村田がいった。

一行はサービスエリアに車を乗り入れると、遅い朝食兼用の食事を摂った。花木が中座して、電話ボックスに入る。

「連絡はとれた」

花木が二人の待つテーブルに戻ってくるといった。

「どこにかくまってもらうつもりなんだ」

傀は味も香りもないコーヒーを飲みながら訊ねた。

「会えばわかるといったが……?」

「女性のようだな。巻きこんでもいいのか」

「巻きこみはしない」

花木はゆっくり首をふった。砂糖もミルクも入っていない紅茶をとりあげすする。

「あんたの愛人かい」

花木は視線を宙においた。

「そうだったときもある。だが、愛人としてよりも友人とした方が、彼女は秀れている」

「わからんな」

傀は眉宇をひそめた。

村田は無言で二人のやりとりを聞いていた。能面のような無表情はまったく変わらない。

「どちらにしても素晴らしい女性だ」

村田が小さく頷いた。そういった形でも自分の意志を表示した彼を、傀は面白いと思った。

首都高速に入ったときには日が暮れていた。花木の指示に従って、村田は車を走らせた。名も知らぬインターチェンジで降りると、そこは激しく渋滞した幹線道路だった。

「この車はみんなどこに行くんだ」

傀は信号が変わっても、ぎっしりと詰まって動かない車の群れを見て訊ねた。

「家に帰るのさ、疲れきった勤め人たちだ」

花木がいった。

蟻が這うような速度で、その道を数キロ走った。

「そこを左に曲がれ」

「次の信号を右だ」

花木が細かく指示するうちに、傀はまったく方向感覚を失っていた。

「よし、その家だ」

花木が車を止めさせたのは、白塗り(ぬ)の、さほど大きくない洋風住宅の前だった。あたりは、麻美が傀を連れていった屋敷の付近のように静かな住宅街になっている。

ブロック塀(べい)ぎりぎりのところにステップバンを駐車(ちゅうしゃ)すると、三人は銃の入ったアイスボックスやビニールシートでくるんだカービンなどを持って降りたった。

洒落(しゃれ)た鉄のアーチをくぐり、花木はインタフォンを押した。

「私だ」

ドアロックが解かれ、暗がりの中に長身の女のシルエットが立った。

「入れ」

短く、門の前に立っていた傀と村田にいうと花木は家の中に上がった。

傀は村田を見やると、家の中に入った。

「いらっしゃい」
三十七、八歳に見える、長い髪の女が玄関(げんかん)の中で出迎(でむか)えた。優しげに微笑(びしょう)して、傀を見つめる。
「どうぞ、奥(おく)に入って……」

着たきり姿で風呂にも入っていなかった傀に、嫌な顔ひとつ見せず、女はいった。

家の中は明るく暖かだった。

小さな応接室に三人は通された。部屋の調度は、ごてごてと飾りつけていないが、凝っていた。

壁には油絵がかかっている。

三人が腰をおろすと、女は花木の向かいにすわった。白いブラウスに黒の長い巻スカートを女はつけていた。胸元にカメオのブローチがあった。

上品な顔立ちだった。頰はふっくらとしていて、そこだけは少女のような艶を放っている。控えめの化粧が大きく優しげな目と、笑みを含んだ唇をいろどっていた。

「あなた、少し痩せたわね」

花木をみると女はいった。

それには答えず、花木はいった。

「君にこんな面倒をかけて申しわけない――」

女は無言で首をふり、花木の目を見つめた。

「いつだって、何があっても、私はあなたを歓迎するわ。さっ、村田さんは知っているけれど、この素敵な若い方を私に紹介して……」

傀の方に向き直っていた。傀は、どこかで見覚えがあった。

「私の古い友人の息子さんで、佐和田傀くんだ」

「よろしく、桑原です」

女は頭を下げた。傀は会釈を返しながら、懸命に思い出そうとしていた。

「どうなさったの、佐和田さん、御気分でもすぐれません？」

その様子に、桑原と名乗った女は心配そうに眉をひそめた。

「いや、そういうわけじゃ……。傀と呼んで下さい」

「そう」

目元に笑みを浮かべて女は頷いた。

「じゃあ、私のことを梨枝と呼んで下すってかまわないわ」

「ひょっとして、傀くんは彼女をどこかで見たことがあると思ってるんじゃないか」

花木が煙草をとり出すといった。

傀は無言で頷いた。

「彼女が活躍したのは、ちょうど君が日本を離れる一年ほど前ぐらいからだ」

傀は思い出した。父に連れられていった映画館で、幾度もその顔を見ていた。

「古い話をして、嫌な人ね」

梨枝は花木をにらんだ。

「今は、ただのおばさんよ」

当惑した傀は何もいえずにいた。母親を知らぬ傀は、年長の女性と話すのが苦手だった。

「麻美さんのこと、新聞で読んだけどいったいどこに行かれたの……」

花木の顔を見つめ、読みとった。

「まさか!?」

両手を持ち上げ、顔をおおいかけたがすぐに、その腕を花木の膝にのせた。

「大丈夫？」

「心配してくれてありがとう。私は大丈夫だ」

悲しみが梨枝の面を暗くした。だが立ち上がると訊ねた。

「みなさん、食事は？」

「食事はもう少しあとでもかまわないよ。できれば風呂に入らせてもらいたいのだが」

「もちろん。久し振りのお客様だから材料をいっぱい買いこんでしまったの――」

花木の眼を見て、悲しげに微笑んだ。

「三年ぶりだもの。ひどい人だわ」

「おそらく、鼻が曲りそうな匂いを我々はたてているのじゃないかな」

「どれぐらいお風呂に入っていないの？」

無邪気な様子で、梨枝は首を傾けた。

「五日、ほど」

見つめられて、傀は答えた。

「まあ、でも、気づかなかったわ」

答えると、梨枝は家の奥に入っていった。

「いつ、映画女優をやめたんだい、彼女は」

傀は花木に訊ねた。桑原梨枝は、その頃名前も覚えられなかった傀にも、スクリーンの中の美しい姉だった。

「十二年前だ。結婚して芸能界を引退したのだ。だが、飛行機事故で御主人をなくした。子供はなかった。麻美をとても可愛がっていた……」

花木は低く答えた。

村田が立ち上がった。

「私、車を返してまいります」

「後でよかろう。料理を食べてやらなければ悲しむ」

「はあ……」

花木の顔の緊張がゆるみ、疲れがあった。

「休ませてもらうことだ。明日から、真木野を狙って動かなくてはならん」

傀は頷いた。

「村田、お前は、車を返したらしばらく骨休みをしていいぞ。のんびり外国旅行にでもいってこい」

「花木さま……」

意味が理解できぬようであった。

「どういうことでしょうか」

「解雇だよ」

花木はくたびれた笑みを見せた。

「しかし、なぜですか。これから――」

「真木野や後藤を襲う計画にはお前は入っていない」

「そんな」

老人の面が強張った。

「私は麻美さまを、ほんの小さなときから存じ上げていたのです。それなのに……」

「駄目だ」

にべもなく花木はいった。村田の眼に涙がうかんだのを見て、傀は視線をそらさずにはいられなかった。

「なぜです。私はもう老い先がそう長くありません。運転手でも荷物持ちでも、何でも結構ですから、どうか私を……」

村田は絶句した。涙が滴り落ちた。

「蓼科か、平河の屋敷にでもいてくれるか、じゃあ」

花木はいった。

「どうしても、お連れ下さらないのですか……」

花木は首を振った。

「どちらも後藤の部下に見張られていると思う。そこに戻(もど)るのは危険なのだ。だからといって、お前を連れてゆくつもりはない」

「わかりました」

村田はうなだれた。

「どのようにいたせばよろしいでしょう」

「金を渡すから、ハワイにどこか適当な家でも捜(さが)してくれるか」

傀は花木を見つめた。

「お前に、実は頼(たの)もうと思っていたのだ。権利証がどこにあるか、お前なら知っている。『グーロ』を処分して、その金でやってくれてもいい。おそらく、もう日本には住めんだろうと思っているのだ。もし、後藤を殺すことに成功してもな」

「はい」

村田は頷(うなず)いた。

「『ASAII』を操ってハワイに行くことになるだろう、傀くんとな」

花木は、わざと楽しげにいった。花木自身がそれを信じていないことは明らかだった。

「承知いたしました」

「ありがとう」

梨枝が現われ、傀を先に浴室に案内した。高名な元女優が一人で住むにしても、家の中は、思いのほか質素で、落ちついていた。

浴室を出ると、花木が交代で入った。

「今日は夕食をとったら、ゆっくり休みたまえ。計画は明日、じっくり練ろう」

「こちらへ、いらして」

花木が浴室に入るのを見送ると、梨枝が傀をダイニングルームに案内した。

花木に続いて、村田も浴室を使い、小ざっぱりした姿になって三人はダイニングのテーブルにならんだ。

テーブルの中央には花が生けられている。

「お待たせ……」

梨枝が次から次と料理を運び出した。一人で作ったとは思えぬほど、豊富な種類と量でそれらはすべて、傀がこれまであちこちで入ったレストランと比べても味の劣らぬものばかりだった。

「あなたは若いのだから、他のお二人の倍は食べるわよね」

五皿目の料理を運んできた梨枝にそういわれたときは、さすがに傀も顔色を変えた。

食事が終わると、村田は梨枝にていねいな礼を述べた。

「傀くんを泊める部屋に案内してやってくれるか」

花木が梨枝にいった。合点したように梨枝は頷くと、傀を家の二階に案内した。

「ここで、どうぞお寝みになっていいわ」

ベッドのおかれた小さな部屋を梨枝は示した。

「廊下の奥にトイレがあります」

「ありがとう」

傀は持ちこんだ銃器のうち、カービンを自分に与えられた部屋に運びこんだ。

梨枝はそれが何であるかを訊ねようともしなかった。

「下にいらして、お酒を飲んでもいいのよ」

「いいえ、結構です」

『ASAⅡ』で、麻美の死体を運びこんだときに飲んで以来、傀はアルコールを口にしていなかった。

「そう」

笑みを含んで頷いたが、瞳の奥には、麻美の死を知ってから、深い悲しみの色があった。

「どうもいろいろありがとう」

傀は頭を下げた。

「いいのよ、あの人の親友だった方の息子さんなら、私にとっても、あなたは大事な人になるのだから」

そういって、梨枝は部屋を出ていった。

屋外でステップバンのエンジン音が響いた。村田が別れを告げて出ていったのだ。

傀はぼんやりと、ベッドに腰をおろした。

一人の部屋で、ベッドに眠るのはTホテル以来だった。

家の中は静まりかえっている。

傀は下着ひとつの姿になって、腹筋と腕立てふせを始めた。百回ずつやり、それでも飽きたらずもう五十回ずつ加えた。

息が切れ、ベッドに倒れこんだ。

麻美に会いたいと思った。

二度と会えないことを自分に納得させるのには時間がかかる。

下に降りれば、花木と梨枝が二人のやり方で愛を交わしていることが傀には、わかっていた。

傀は、成田に降りたって以来、初めて激しい孤独を味わった。


「あの家が真木野の屋敷だ」

花木はサングラスを外すと、高台にそびえる、頑丈なコンクリート塀をはりめぐらした建物を指さした。

傀は車のフロントグラスごしにそれを見つめた。

「真木野は今年、四十三になる。検察庁の特捜部から十六年前に、後藤の息のかかった商社に入ったのだ。課長待遇で入り、今では常務取締役にまでなっている。無論、後藤のあと押しを得たからそれだけ出世したのだ。

今でも後藤とは緊密な連絡を保っていることはまちがいない——見てみたまえ」

ダッシュボードから双眼鏡を取り出すと、傀にわたした。

塀の上にのぞいている屋敷の二階の窓には厚いカーテンが降りていた。塀の内側がどうなっているかは、まったくうかがえない。

花木はジャンパーの内側から手帳を取り出した。

「村田の調べによると、午前八時にベンツに乗ってこの屋敷を出、九時三十分に丸の内にある本社に入る。この間高速、都内を走っている間は、運転手ともう一人、白人の大男が常にベンツを離れない。運転手も白人も、個人的に真木野に雇われているらしく、運転手は社内に入ってもベンツにつきっきりだ。白人はどこに行くのでも真木野と一緒だ。一種の私設秘書ということになっているらしい」

「どんな男なんだ」

傀は双眼鏡をおろして訊ねた。二人の乗った車は、真木野の屋敷に続く、坂の中腹に止まっている。

坂の頂上が真木野の屋敷で、あたりにはそれより高い建物はない。

「白人、身長は約百九十センチ。がっちりとしていて、いつも黒のブリーフケースを手離さないということだ。おそらく、その中に拳銃を持ち歩いているのだろう。年齢は四十歳ぐらい」

「真木野は？」

「痩せた神経質タイプの男だ。身長は私ぐらいだから百七十センチ。顎に傷跡がある。髪は黒い」

「その白人のボディガードだが、後藤がよこしたものじゃないだろうか」

傀は訊ねた。

「ありうる。おそらく、自分の居所を知られているので、真木野の身辺も警戒しているのだろう。まさか、自分のように、私兵で囲ませるわけにはいかないからな」

花木は言葉を切って、車のエンジンを始動させた。Uターンをして坂道を降り始める。車は桑原梨枝の、サルーン仕様の日本車だった。

「横浜市内の警備会社との契約で、一日六回、四時間おきに、警備車が巡回にくる。怪しい人間や車を見かけると、写真に撮って警察に持ちこむのだ」

「他には？」

急坂を下りきると、国道だった。交通量は激しい。花木は国道沿いに車を止めた。

「屋敷の中にはおそらく、電子警備装置をはりめぐらしているだろう。警備会社と直結していて、何かあれば警報が入る。警備会社は警察に連絡をするというわけだ」

「屋敷の中に入るのは難しいな」

花木は頷いて、

「中学三年の息子と、一年生の娘、それに女房も一緒に暮らしている。運転手と、例の白人の他にな」

「すると、会社の中か、往復の道を狙うしかないな」

「社内はセキュリティチェックが厳しくて、問題外だ——あれを見ろ」

銀色の車体にマークをつけた、警備会社のパトロールカーが、国道をそれ、真木野の屋敷につづく坂道をゆっくり昇っていった。

「あの坂は、真木野の屋敷で行き止まりだ。だからあのあたりの家に用事がある者の他はほとんど昇らない」

「どうやって狙うつもりだ？」

「明日、真木野の動きをぴったりマークする。その上で奴を襲う場所と方法を決める」

傀は頷いた。

「真木野の帰りは大体、午後七時頃だ。逆算すれば、午後五時前後には会社を出ることになる。もし、なにもなければ、これから、東京に向かい、奴の帰りを尾行してみよう」

花木の言葉に、傀はいった。

「尾行なら明日するのじゃないのか？」

花木は首を振った。

「真木野についているボディガードがプロならば、往きと帰りに同じコースを使わせているとは思えん。往きは明るい、だが帰りは日が暮れている。そのちがいで、狙われにくい道を選ぶ場合もある」

花木は車を出した。

「あれだ」

十階以上ある商社ビルの地下駐車場から黒塗りのベンツが吐き出された。独特のテールランプを光らせて、黄昏のラッシュに加わる。

花木はナンバーを確認すると、巧みに車を操って、一台おいた真後ろについた。

「真後ろと左右後ろは、ルームミラーとサイドミラーで最も車種を覚えられやすい。ただ夜間は、距離さえおいてしまえば、ヘッドライトでしかわからないから、大丈夫だ」

ベンツはノロノロと進んでいる。傀の位置からは乗っている人間は見えなかった。

「おそらく運転席の後ろに、真木野はすわっているはずだ。従って、君の位置からの方が見やすい」

「まったく、わからない」

「大丈夫だ。都内にいる間は、奴らはそれほど警戒はすまい。渋滞で最も恐いのは狙撃だけだ。だが夜間で、しかも偏光シールをガラスに貼っていれば、車内はほとんど見えない」

花木は煙草に火をつけていた。

「東京から横浜までは、車を使っても、いくつかのコースがある。高速道路も、首都高速や東名高速、第三京浜、使わなければ使わないで、国道だけを辿って行くことも可能だ。

奴はどの道を通るだろう。混雑がひどければ首都高速の入口はいくつか閉鎖(へいさ)されるのだ」

ベンツは一時間以上も、都内を走りつづけた。

「混雑する道ばかりを走っているような気がするな」

傀は思わずいった。

「事実その通りだ。この国道二四六号は渋滞が激しい道として有名だ」

「わざとそうしているのだろうか?」

「多分そうだろう。トラックなどを使った偽装(ぎそう)事故を警戒しているにちがいない。多分、ベンツのウインドウは防弾(ぼうだん)ガラスを使っているな」

花木はノロノロと前進をつづける車の群れに、腹を立てる様子もなくいった。

「マグナムならぶち抜ける」

「どうやって逃げるのだ? その後。遠くからライフルで狙うには、夜間でしかも偏光ガラスだ。中の者を見きわめて射つには、どうしても近づかなくてはならない。曲がる直前以外は、あのベンツは常に車線の中央を走っている。つまり、至近距離まで近づくには射手も車に乗っていなくてはならない。

撃ったあと逃(に)げられないというわけだ」

傀は花木の鋭(するど)さに舌(した)を巻いた。

「だが、殺すだけなら方法はなくもないな」

　ふと花木がいった。

「爆弾を使うのか？」

「そんな物騒な物を使わなくても、バイクならこの渋滞を縦横に走り回れる」

「なるほど、そういう手もあるんだな」

「真木野についているボディガードは馬鹿じゃない。おそらくその可能性を考え合わせて、交通渋滞がゆるやかになる前に高速に入るだろう」

　花木の言葉通り、真木野の乗るベンツは、「環状七号線道路」との交差点を越え、渋滞がゆるやかになると、加速した。

　制限速度を上回る速度で、周囲の車を追い抜いてゆく。

「第三京浜だ」

　花木は低くつぶやいた。

　左折すると、急なカーブを描く高速に入路した。

　高速にのってからのベンツは急に安全運転になった。制限速度を守り、走行車線を走ってゆく。周囲の車に比べれば、むしろ遅いくらいだ。

「尾行を警戒している。追い越さなくてはならんな」

　花木は車を追越車線に出すと加速した。

「普通なら、真木野の家に帰るには港北インターだが……」

日は完全に落ち、ヘッドライトだけが流れてゆく。花木は見えてきたインターチェンジで高速を降りた。一般道路に入ると、すぐに路肩(ろかた)に車を寄せ、ライトのスイッチを切る。

十分と待たぬうちに、ベンツが走り過ぎた。

再び速いスピードを出している。

花木は尾行を再開した。

「渋滞(じゅうたい)していない一般道路を最も警戒しているようだな」

やがてベンツが、真木野の屋敷に続く坂道を昇ってゆくのを確認した。

坂の入口をそのまま通り過ぎる。

「ベンツが駐車場から出てきたのは午後五時二十二分。今、午後七時三十一分だ」

傀は腕時計を見やっていた。ちらりと、花木は傀を見た。

「はかっていたのだな」

花木は車首を東京に向けて巡らした。

「おそらく朝は、これとは別のコースを使っているにちがいない」

「明日の朝は、真木野やボディガードの顔を見ることができるな」

傀はつぶやいた。

翌朝、午前五時に花木と傀は桑原梨枝の家を出発した。

真木野の屋敷の近くに到着したのが午前六時。坂下から数百メートル離れた地点に車を止め、花木と傀は双眼鏡で観察を始めた。

その朝は気温が下がったが、天気は晴れていた。まだ交通量もそれほど激しくない。

花木と傀は、梨枝の作ったサンドイッチを車の中で分け合った。

「いつか、そうだな、後藤を殺す前でいい。俺の父とあんたがどういう風に奴を襲って失敗したか聞かしてくれよ」

傀はサンドイッチを頬ばりながらいった。

花木は一瞬、たじろいだように傀を見つめた。

「ああ、忘れてはいない」

「忘れちゃいないだろ」

花木はそれだけ答えて、双眼鏡を取り上げた。

午前七時五十分。

白人が一人で歩いて坂を下ってきた。左手に黒のブリーフケースを下げている。

「あいつだ」

傀は双眼鏡を当てたまま、小さく叫んだ。

銀髪でサングラスをかけ、ベージュのスリーピースを着ている。

「ブリーフケースのチャックを見てみろ、開いているだろう」

「ああ、開いている、なぜ腰に拳銃を差していないのだろう?」

「車の中にすわった体勢では、ウエストの銃を抜きにくいからだ。チャックを開いた鞄に入れておけば膝の上においているのと同じことだ」

花木が答えた。

「プロだな」

「プロだ」

油断なくあたりを見回すと、ブリーフケースの中に右手をさし入れた。

「驚いたな、トランシーバーだ」

「坂の上の運転手に安全確認をしたのだ」

一分とたたぬうちに、ベンツが坂を下って現われた。白人が助手席に乗りこむ。

花木は車を出した。

「あんたのいった通りだ。この道はきのうのコースとはちがう」

「おそらく往きは首都高速を使って一気につっ走るつもりだろう。明るければ、車を使った罠もかけにくい」

花木は用心深く、何台も車をおいて尾行していた。

「真木野はあんたのことをひどく恐れているんだな」

首都高速をしばらく走ると、傀はポツリといった。

「真木野が恐れているというよりも、後藤が恐れているのだろう。奴の用心深さは並みたいていではない」

ベンツはやがて都内で首都高速を降り、真木野のつとめる商社の地下に吸いこまれた。

「どうやって真木野を襲うんだ？」

「あのボディガードがついている限り難しいな……」

「あいつを買収できないだろうか——無理だろうな」

傀はいってから、あきらめたように首を振った。

「いや、無理ではないかもしれん」

花木が車を走らせながらつぶやいた。

「どうして？」

「あの男はおそらく、後藤のさし金で真木野のボディガードをつとめているのだろうが、後藤の直接の部下ではないだろう」

「白人だから？」

花木は頷いた。

「後藤の私兵は、奴の思想や立場からいっても、日本人がほとんどだ。この男はプロのボディガードという意味では、雇われた存在にしかすぎない……。もうひとつ、商社との癒着が、あれだけ問題にされた以上、後藤も自分の部下をうかつに真木野に近づけるわけにはゆかないと思うのだ。従って、あの白人の男がプロで、金でボディガードをやっている可能性は高い」

「とすれば、金次第でこちらにつけることができるかもしれない？」

花木は頷いた。

車の前方に目をすえていた傀はいった。

「俺に考えがあるよ」

花木は信号で停止すると、傀を見つめた。

「日本でも、外国人は外国人同士、何ていうか……」

「蛇の道はヘビ、か？」

「そうだ」

「アテがあるのか？」

「横須賀の『スターライト』という店を知っているか？」

「いや」

「そこで『ミッキー』という黒人から俺は拳銃を買ったんだ。そいつは、日本の不良外人に顔が広いと思うんだ。そいつに聞けば、ひょっとすれば――」

「どうやって連絡をとるのだ？」

「それが問題なんだ」

傀は唇をすぼめた。

「俺が直接、『スターライト』に行って試してみようかと思うんだ」

「そいつはあまり良い考えとはいえんな。もし、『スターライト』が不良外人の溜り場だとすれば、君が買ったマグナム三五七について、警察が網を張っているかもしれん」

「じゃあ、どうすればいいんだ？」

「私にまかせたまえ」

桑原梨枝の家に戻ると、まず花木は電話を使った。

梨枝は出かけていていない。

「……私だ。横須賀にある『スターライト』という店の電話番号、それとそこにやってくる『ミッキー』という不良外人――黒人だそうだ――に連絡をとる方法がないか調べてくれ。そちらはどうだ？……わかった。

二時間後に電話を入れる」

相手が出ると、花木はそういって切った。

「どこにかけたんだ？」

傀は訊ねた。

「信用できる私の部下だ」

花木は短く答えた。

「あんたには、まだそんな人間がいたのか。みんな監視されていると思ったよ、警察や後藤の手下たちに」

花木は苦笑した。

「そんなことはない。ただ、自分の部下をなるべく巻きこみたくはないのだ」

梨枝はテーブルに昼食を用意して出ていた。

「彼女は今、彫金の講師をしているのだ。麻美にも……イヤリングや指輪をプレゼントしていた」

花木がいった。傀は初めて会ったときに、麻美が、ダイヤのイヤリングをしていたのを思い出した。

花木は麻美を失った苦痛を、表面的には克服しているように見えた。おそらく、後藤を追いつめたときに、怒りや悲しみが爆発するのだろうと、傀は思った。

二時間後、花木は再び電話を入れた。

「私だ。番号は………わかった。それで『ミッキー』という男についてはどうだ。うん、……」

傀を見て訊ねた。

「『シャドウ』という仇名の凄いデブを連れて歩いている男かと訊いている」

傀は頷いた。

「そうらしい………わかった。御苦労だった。それから私の口座が使えるようなら、キャッシュを一千万ほど用意できるか？

――よろしい。引きとり場所は、またこちらから連絡する」

メモを破って、受話器をおろした。

「午前零時頃には必ず、『スターライト』に現われているそうだ。君が連絡を取ってみたまえ。うまくゆくといいのだが」

午前二時、首都高速、「羽横線」の、幾つかある緊急避難帯のひとつに傀と花木は車を止め、待っていた。零時に、傀が電話を入れると、ミッキーはそこを指定したのだ。

「来たんじゃないか」

花木は厚い皮コートに身を包んでいた。その夜は、この秋一番の冷えこみだと、カーラジオのD・Jが告げたときだった。

ルームミラーにヘッドライトがさしこんだ。ミッキーを信用するかどうかは、二人にとっては賭けだった。しかし、ミッキーも傀に拳銃を売った以上、弱味がある。

ミッキーが後藤とつながっているとは思えなかったのだ。

白塗りのキャデラックが、傀と花木の乗る車の後ろにすべりこんだ。深夜のせいもあり、高速道路は百キロを越すスピードで車が流れている。

ミッキーはなめし皮のロングコートに白いハットをかぶったいでたちで、二人の乗る車に飛びこんできた。安い香水が匂う。

傀は後部シートに移っており、助手席にすわったミッキーは流暢な日本語でいった。

「車を出してくれ。尻をシャドウがくっついてくる。終点に着くまでに話をつけようじゃねえか」

振りかえると、キャデラックの運転席に黒いサッカーボールのようなシャドウの顔がうかんでいた。

「よかろう」

花木は車を出した。

ちらりと彼を見て、ミッキーは英語でつぶやいた。

「渋いオッサンだな」

「山手の殺し、あんたがやったな」

傀に向き直ると、ミッキーはいった。

「殺された連中を知ってるのか？」

傀は訊ねた。

「いや。俺には関係ないね。ただ、日本のサツとＣＩＤがマグナムを捜し回ってるよ。今まで殺しに使われたことがなかったからな、あの手のハジキは……用件を訊こうじゃない」

「白人のプロなんだ、そいつの素姓がわかれば雇いたい」

「どんな野郎だ？」

「身長は百九十センチぐらい。がっちりしていて、髪はシルバーグレイ。黒のブリーフケースに銃を持ち歩いていて、ボディガードのような仕事をしている」

「ダウンだ」

ミッキーは指を鳴らした。

「ダウン？」

「ダウンて通称で通ってる。はっきりいって、ヤバい男だ。元ＣＩＡの殺し屋だったって話だ。今は金次第で何でもひきうける」

「その男が今、ある人物のボディガードをしているのだ。ところが、私たちはその人物に直接会って、話がしたいというわけだ」

花木が運転をしながらいった。

「こちらの条件を呑んでくれるなら一千万出してもいい」

傀がいうと、ミッキーは口笛を吹いた。

「説得がうまくいったら、君にも百万、ボーナスを出そう」

花木がいった。

「俺、このオッサンのおカマを掘りたくなったよ。愛しちまいそうだ」

ミッキーは呻くようにいった。

「明日の晩、もう一度十二時に『スターライト』に電話をくれ、ナシをつけとく」

花木は、緊急避難帯を見出すと車を寄せた。キャデラックも続く。

「明日、電話を頼むぜ」

ミッキーは行って、キャデラックに移った。キャデラックは先に避難帯を出てゆく。

花木は煙草をくわえた。

「今夜は乾杯する価値のある夜になりそうだな」

「……ミッキーと、彼を紹介してくれたラリーに」

傀はいった。花木は訝し気に、傀を見やった。

しかし傀は高速を流れる光を見つめていた。


翌日の夜、『スターライト』に電話を入れた傀に、ミッキーは怒鳴った。ミッキーのバックには凄まじいヴォリュームでビリー・ジョエルの歌が流れていた。

「奴は話を呑んだぜ、前金で五百万貰いたいそうだ」

傀は、見つめる花木にVサインを示した。

「オーケイだ」

「連絡をとるのに苦労したぜ。何しろ、奴はそのガードしている男の家に泊まりこんでいるらしいからな。で、どうすればいいんだ」

「その男には、あんたから連絡をとれないのか？」

「大丈夫！」

「よし、待ってくれ……」

傀は花木に受話器を手渡した。

花木が計画を話した。

3

「ボディガードが裏切れば俺とあんたは終わりだな」

傀は真木野邸につづく坂の下にとめた車の中でいった。

時刻は午前七時半。花木と傀はボディガードの男が降りてくるのを待っていた。

「あのベンツを無理に襲おうとすれば必ず撃ち合いになる。真木野を殺してしまっては、後藤の居所がつかめない。だが、あの白人がプロである以上、簡単にはいかない。一度、襲撃に失敗すれば、真木野も用心するだろうし、後藤は真木野の知らぬ場所に移動するだろう。そうなれば絶対に奴の行方をつかむことは不可能になる」

花木は前日に「ダウン」という通称を持つ白人が指示した銀行口座へ、五百万を振りこんでいた。真木野を拉致するのに成功すればもう五百万をその場で渡す約束を、ミッキーを通じてしたのだ。

坂道を、ブリーフケースをかかえた白人がおりてきた。

その日は曇っていたがあいかわらず、サングラスをかけている。

傀と花木は素早く車を降りた。打ち合わせ通り、傀は自分達の車の反対側にしゃがみこんだ。

万一、白人のボディガードが裏切った場合、即座に射殺するつもりだった。

花木の姿と車を認めると、男は近づいてきた。

プロフットボール選手のようながっしりとした体格で、鼻の下にヒゲをはやしていた。

サングラスのため表情はまったく読めない。

花木が一歩踏み出すと、白人「ダウン」は指を口にあてた。右手をブリーフケースに入れる。

傀はしゃがんだ姿勢で、それをのぞき見ながら、スマイソンのハンマーをおこした。

トランシーバーをダウンはつかみ出した。

花木に見えるようにつき出す。

花木は頷いた。

通話スイッチが入ったままなのだ。もしダウンがいきなり射殺されても、待機しているベンツの運転手にはそれが聞こえる仕組になっているのだ。

花木はダウンがさし出したトランシーバーをそっと受け取り、自分たちが乗ってきた車の後部シートを指した。

ダウンは素早くドアを開いて乗りこんだ。

シートの上に紙袋に入れた五百万がおいてある。それを確認すると、自分のブリーフケースにつっこんだ。

トランシーバーがザーッと音をたてた。

「ダウン……？」

日本人の声だった。

車を降りるとダウンはトランシーバーを花木から受け取った。

「大丈夫か？」

どうやら運転手のようだ。

傀は緊張して言葉を待った。

ダウンは軽く頷くと声を送りこんだ。

「オーケイ、来い」

傀はパッと立ち上がった。トランシーバーにエンジン音が届いた。

ダウンははっとしたように傀をふりむいたが、傀が拳銃をたらしているのを見て、そこにいろというように両手をひろげた。

T字になった坂と国道の交差点の、死角の位置に花木は車を止めていた。車は、梨枝のものではない。ダウンは、現金の他に、自分が乗って逃げる車を要求したのだ。

ベンツがゆっくりと下ってくるのが見えた。傀と花木は坂の下り口に両側に分かれてうずくまった。

花木は電柱に、傀は民家の塀にはりついた。道路の中央にダウンが立つ。

ベンツがダウンの前で停止した。ダウンが助手席のドアを開くのと同時に、傀と花木は飛び出した。

ダウンの右腕がベンツの車内にさしこまれ、鈍い音をたてた。

運転手が、ガクッと前のめりになる。

傀は運転席のドアを開くと、運転手を助手席に押しやった。

花木が後部シートに乗りこむ。

「これで契約は完了だ」

ダウンがサイレンサーの付いたオートマチックをブリーフケースにしまいこみながら日本語でいった。

「なぜ運転手を殺した？」

花木が、紺のスリーピースを着て眼鏡をかけている後部席の男にブローニングを押しつけながら訊ねた。

「しゃべると困る。評判はあまり落としたくない」

ダウンは肩をすくめた。

自分が金で寝返ったことをいったのだ。

「な、何をする気だ⁉」

後部席の男が初めて声をたてた。

「黙ってろ」

花木は短くいって、皮コートのポケットからキイホルダーを取り出した。運転手の死体にかぶさるようにして、首をつっこんでいるダウンに手渡す。

傀と花木が乗ってきた車の鍵だった。

「用事が済んだら、そいつも消してくれ」

真木野を顎で指して、ダウンはいった。

「じゃあな、グッドラック」

助手席のドアをバタンと閉じる。傀はベンツのオートロックを作動させて発車した。ルームミラーの中で、見送ったダウンがのんびりと歩き始めるのが見えた。

「貴様、何をする気だ⁉」

真木野が怒鳴った。

髪は黒いが、かなり後退している。運転席の背もたれをがっちりとつかんでいた。

傀はルームミラーを調節して、真木野が映るようにすると、足元の死体を見やった。

丸まっちい小男で茶のスーツを着ている。

こめかみに射入孔が開き、わずかに血が流れていた。反対側まで弾丸がつき抜けなかったところを見ると、ダウンは小口径の銃を持ち歩いているのだろう。

「静かにしろ、真木野」

低い声で花木はいった。左手をのばして、運転席と助手席の間に取付けられたカーテレフォンのスイッチをオフにする。

傀は車のスピードを上げた。

「これから首都高速を使って東名に入る。おかしな真似をしたら即座に撃ち殺すからな」

花木がいった。

「貴様……」

「私が誰だか知ってるな」

「…………」

無雑作に、真木野のこめかみに銃身を叩きつけた。眼鏡がとび、サイドウインドウに当たった。

「は、花木」

「そうだ。久し振りだな」

「挨拶もいいが、運転手の死体をどうにかしなければまずい」

傀はいった。

「トランクにでも移すしかないな」

「どこか車の通らないところでやろう」

傀はウインカーを出すと、左折した。国道を外れ、適当に走ると細い、人通りのない道に出た。どうやら寺の裏手のようだ。

長い塀がつづいている。

車を止めると、トランクを開け、素早く死体をひきずり出した。死後硬直が始まり出している。

トランクの中のゴルフバッグを、皮手袋をした手で放り出し、死体を詰めこんだ。

トランクの蓋を閉じ、運転席に戻りかけて気づいた。

放り出したゴルフバッグに、真木野のネームプレートが付いている。ひきちぎってポケットにつっこんだ。

再びベンツを発車させた。

国道に出てから、首都高速までの道は、前にした朝の尾行で、頭に入っていた。逆方向を辿れば東名に入ると、花木に教えられている。

「どうするつもりだ、私を」

真木野は少し落ちついたようだ。

傀は車を走らせながら二人の会話に耳を傾けていた。硬貨を用意し、すぐに料金を支払えるようにしてある。

「どうするつもりなんだ」

「………」

「殺す気か」

「殺すことは簡単だ」

首都高速に入ると、傀は周囲の車に合わせてスピードを上げた。

「このドアを開いて、あんたを放り出せばそれですむ」

花木の声は冷たかった。

「じゃあ何を……」

「後藤の居所だ」

「何だと……」

「あんたが裏切ってついた、後藤継男の居場所が知りたい」

「後藤先生のいらっしゃる所など、私は知らん」

花木が拳銃を左手に持ちかえた。右の拳で腎臓を殴る。真木野は呻いた。

「ご、自、宅は世田谷だ」

喘ぎ喘ぎいった。

無表情に、花木がまた殴った。

「自宅にいないことはわかってる」

「では私は知らん」

殴った。

「用心棒を何のために雇った？　私に襲われるのを警戒したからだろう、え？　つまり、知ってるんだ」

　真木野は唇をかんだ。

「お前が裏切ったおかげで、梶は自殺した。ひょっとしたら殺されたのかもしれんな。後藤に……」

　真木野は口をつぐんでいた。

　花木が同じ所を殴った。

　うっと声が出た。

「後藤を殺すことができれば、お前は殺さなくともいいんだ。奴が私のことをひどく警戒しているのはわかっている。だが、どうしてあんなに兵隊をバラまいたんだ、私の娘のところまで……」

「娘？」

「麻美だよ」

「………」

「わかっているはずだ。横浜で発見された三人の男たちは、麻美のマンションを襲った、なぜだ？」

「私は知らん」

「同じ所ばかり殴りつづけると、命は助かっても廃人になるぞ」

花木が拳をひくと、あわてて真木野がいった。

「本当に知らんのだ。なぜ急に、あんな連中が動き始めたか」

「最後に後藤と話したのはいつだ？」

車は東名高速に入っていた。

「いつだ？」

「先生とはずっと会ってない」

「会わなくとも、話はできる」

「………」

「両肘と両膝だ」

花木は銃口を、真木野の右膝にあてた。

「五日前」

早口で真木野が叫んだ。

「どこにいた、後藤は？」

「知らん」

「いったら殺されると思っているんだ」

傀は前を向いたままいった。

「私は殺さない」

花木はいった。

「俺は殺すぜ、どうしたって」

真木野は、傀の後ろ姿と花木を見比べた。

顔色が土色になり、額に脂汗がにじんでいた。右の眼尻が切れて、血が流れている。

「この男を殺しても仕方がない」

「白状すれば、必ずしたことを後藤に報告する。だから殺してしまった方がいい」

「殺さないでくれ」

声に脅えがあった。花木がいった。

「本当のことを話せば、殺さないでおいてやる」

「約束するか⁉」

傀は追越車線に出ると、加速した。トラックの集団を追い抜かす。

「約束するか!?」

真木野が傀の背に向けて怒鳴った。

「大丈夫だ、私がやらないといったら、やらない」

「本当だな、本当だな」

「そのかわり、こちらの訊くことにすべて答えるか」

「答える」

「よし、では訊こう。五日前話したとき、後藤はどこにいた？」

「……北海道だ」

「北海道？　でたらめではないな」

「でたらめなんかじゃない。先生は体を壊されていて動けないのだ」

「どこが悪いんだ」

「心臓が弱ってきているんだ。だからマスコミをさけて、東京を離れた」

「詳しい場所は教えられるか」

「…………」

「楽な死に方じゃないぞ」

銃を、痛めた腎臓にこじ入れた。

「あ、ああ」

「知ってるんだな」

「いちど、五年前の夏に連れられていったことがある」

「どうやって」

「千歳まで飛行機で飛び、そこからヘリコプターを使った。別荘の中にヘリポートがある」

「広さは」

「およそ、二千……いや三千坪もあるかもしれない。自家発電とプロパンガスだ。食料品もすべて、飛行機とヘリで空輸している。冬は雪で埋まるそうだ、あたり一帯が。ま、周りにはまったく人家がなくて……。あれは、まるで要塞だった。中は迷路のようで、あちこちに歩哨のような男たちがいた」

「なぜ北海道なんかに行った」

「ゆ、雪を眺めるのが好きだと、楽しいとおっしゃっていた。私の考えでは、先生はあんたがいつか自分を殺しにやってくると信じてる、だから――」

「そこには何人ぐらいいるんだ」

「なにが?」

「すべてだ、いる人間の」

「わからない。医者と女はいる。それから、あんたのいう兵隊がたくさん」

「武装しているのか」

「多分……」

「独裁者だな、まるで」

傀はいった。

「その通り、独裁者で怪物なのだ、あの方は」

真木野はいって、ぐったりしたように眼を閉じた。

「五日前はどうやって話した」

容赦せずに花木がいった。

「電話だ。定期的に秘書が連絡を入れてくる、月に一度」

「なんのために」

「疑獄事件の裁判の進行状況を私に訊くためだ。北海道へ私が連れられて行ったのも、あれが発覚する直前だった」

「自分が裁かれるのは好まんようだな」

「弁護士をたて、何とか出廷をせずにすまそうとしている。表に出れば、あんたに狙われる可能性が高くなる――それを恐れているのかもしれない」

「それだけとは思えんな。奴にはもっと何か外に出たくない理由があるのだ、そいつは何だ？」

「し、知らん」

「ここまで話したのだ、すべてしゃべってしまえ、真木野」

「本当に知らんのだ」

「なぜ、後藤の兵隊たちが活発に動いているんだ？」

「だから、それは――」

いいかけた真木野はふと、口をつぐんだ。

「どうした、思いあたることがあるのか」

「いや……」

「殺してしまった方がいい、やはり」

傀は前を向いたままいった。

真木野は脅えた視線を傀の背に投げかけると瞬いた。計算をしているようだ。

「傀くん、車をUターンさせたまえ。東京方面に戻ろう」

花木がいった。

「矢部……」

真木野は、その名を唇から押し出すように告げた。

「矢部？」

「矢部征八郎という男だ」

「それがどうした」

「よくはわからん。だが、矢部征八郎は元陸軍中将で、もう八十を越えている。その矢部が最近になって回顧録を発表し始めたのだ」

「回顧録？」

花木が訊ねると、真木野は頷いた。

『帝国陸軍情報部秘史』という。『奔流』という雑誌に発表しているのだ」

『奔流』ならハワイにいた頃、月遅れのを読んでいたことがある」

傀がいうと、花木が受けた。

「新聞社が発行している、硬派の月刊誌だな」

「そうだ。矢部がまだ情報将校として各国大使館に武官勤めをしていた太平洋戦争前夜から、戦中、戦後、そして昭和二十三年十二月に、A級戦犯容疑者釈放で復帰するところまで、回顧録は来ている」

「それが後藤に何の関係があるんだ？」

傀が、沼津インターチェンジを出て、東京方面に車首を巡らしながら訊ねた。

「矢部は釈放された後は、一切公的立場にはたたず、楽隠居をきめこんでいた。それがどういう風の吹き回しか二か月前から『奔流』に手記を寄稿し始めたのだ。後藤先生ばかりではなく、実名を出されてかなり困った立場にたたされる人間も多い筈だ。戦中篇の登場人物は、ほとんど敗戦と同時に自決したり、戦犯として処刑、あるいは獄中死している。だが、戦後篇となればそうはいかない」

「しかし今、釈放された後は楽隠居していたといったな」

「そうだ。後藤先生の名は戦中篇にも登場している。先生が何を恐れている――いや警戒されているかは、私にはわからん。だが、疑獄事件で名が挙がってしまっていては表立った動きもとりにくいので、私の方から何とか連載を休止させるわけにはいかんかと、相談を五日前に受けた」

「秘書を通じて？」

「そうだ。矢部征八郎は高齢で、恐いもの知らずになっている。その上、身柄は『奔流』の発行元である新聞社が厳重に保護をしているようなのだ」

「できれば、その陸軍中将を消してしまいたいような何かが、後藤にはあるのだな」

「多分、旧悪を握られているのだろう、と思う。だが、隠居していたはずの矢部が、戦後、先生の何を知ったのかは私も知らん」

「帝国陸軍情報部といったな」

花木は考えこむようにして訊ねた。

「そうだ」

「…………」

「それがどうして、急にあんたや麻美さんを狙うことと関係あるんだ」

傀は東名上り線に入り、訊いた。

「そこまでは私は知らない」

「真木野、お前は十七年前、私と佐和田について、どこまで知っていて後藤に寝返ったのだ？」

「どこまで……？　私はほとんど知らなかった。ただ、あの頃、梶検事は後藤先生を憎み抜いていた。何とか、先生を屠ることはできないかと、そればかりを考えていたのだ。

私は危険を感じた。

　狩人のような男たちがいるという確証を握った——自分はそいつらを利用して後藤先生に鉄槌を下してやるつもりだ。

　梶検事がそういうのを聞いたのだ。このまま、この男の下にいれば自分の将来も滅茶苦茶になってしまう、そう思ったのだ」

「だから、後藤に知らせたのか、梶検事が殺し屋を使って、後藤を抹殺しようとしていることを」

「そうだ」

「おかげでお前は今の地位を手に入れられたわけだ」

「そうだ、いつ貴様に襲われるかとびくびくしながらな」

吐き出すように真木野はいった。脅えは消え、不思議に落ちついた表情になっている。

眼尻の傷に触れ、ぬぐった。

花木は黙りこんでいた。宙に目をすえ、考えている。

「東京に着く、もうすぐ」

傀はいった。だが、それが耳に入らなかったように、花木は真木野に訊ねた。

「井田という男の名を聞いたことがあるか」

「井田、いや知らん」

怪訝そうに真木野はいった。

「井田、元陸軍中佐だ」

「陸軍中佐――そういえば、矢部の回顧録に名前が出てきていたような気がする」

「………………」

花木は大きく吐息をついた。

「だが、そのために奴は」

つぶやいた。

「何のことだ」

「何でもない」

花木は冷ややかに真木野にいった。

「どうするつもりだ、私を」

覚悟をきめたように、きっぱりと真木野は訊ねた。

「殺すつもりなのだろう、わかっている。その若い男は、私を殺したがっている」

「彼は――」

花木は傀をちらりと見た。

「俺は、佐和田徹の息子だ。彼と一緒に後藤を襲って失敗した」

傀はいい放った。

「何だと！」

真木野は絶句した。

「私たちが人殺しをしていたことは知っていたんだな」

花木の言葉に、青ざめた真木野は頷いた。

「だが、どういう内容の人殺しだったかは知らないというのか、誰に雇われ、どんな人間を殺していたのかは」

「知らなかった。梶検事は、あんた達について収集した証拠を誰にも見せようとはしなかったし、複写も作りはしなかった」

「………」

「後藤はTホテルで俺に手下を二人殺されたために、麻美を狙ったわけじゃないのか」

「後藤はそんなことでカッとなるような男ではない。本来なら、自分の手を汚さずに君や私を消す手段を考える男だ。それが、麻美までを狙ってきているということは、私や麻美に生きていて欲しくない何らかの理由があるということなのだ。矢部という陸軍中将の回顧録に関係する理由が」

「井田というのは、確か、俺の父親やあんたを三十年以上も前に訓練した男じゃないのか」

「そうだ。陸軍情報部にいた。従って矢部が井田のことを知っていても不思議ではない。あるいは井田中佐の機関のことも知っていたかもしれん」

「その機関というのが、貴様たちがいたところなのか……」

真木野がしわがれた声で訊ねた。

花木は宙においていた眼をそちらに向けていった。

「そうだ」

「だが、後藤先生はいわば、貴様たちの標的だった。それがなぜ、今頃になって――」

「それは後藤と矢部だけが知っていることだろう。私たちは井田中佐より上につながる人間の名を一度も聞かされたことはなかった。もちろん、矢部征八郎元陸軍中将の名を聞くのは初めてだ。その男がかつて井田機関とどんなつながり方をしていたかも知らん」

「後藤に直接訊けばいいのさ」

傀がいった。

「その通りだ、後藤に会い、訊いてみるほかに知りようがない」

「北海道に行くというのか、確実に殺されるぞ」

「そうはならんようにするのさ、私たちにはガイドがいるのだ」

「どういうことだ」

真木野の面が、生きている人間の顔とは思えぬほど白くなった。

「お前に案内して貰う。後藤の屋敷まで」

「そんなことは不可能だ！」

「なぜ」

「空港も駅も、先生の手下が完全にチェックしている。見つからずに、後藤先生の元に辿りつくことなどできない」

「後藤が生きつづければ、お前がどうなるかはわかっているのだろうな」

「しかし、そんなことはできない」

弱々しい声になっていた。

「生きる道はひとつしかないのだ、真木野」

真木野は眼尻を裂かんばかりにして、花木と傀を見比べた。何かをいいかけたがそれは言葉にはならなかった。

「殺されに行くようなものだ」

「…………」

「貴様たちにはわかっていない、先生の恐ろしさが」

「007の敵役みたいなことをいう」

傀が嘲笑った。

「いや、決して外れてはいない。この男のいっていることは」

花木は傀に、いい聞かせるようにつぶやいた。

4

北海道が本州の北に位置する島だということは傀も知っていた。しかし、これから自分たちが向かおうとする土地の名は、まったく彼には意味を持たなかった。

地図の上ではそこは島の中央より南西寄りで、もう少し北に行けば市が幾つか点在している。

傀がまず経験したのは、ニューヨークの冬を思わせ、それをしのぐ酷寒だった。

彼らはスキー客に偽装していた。

真木野が行方不明になったことは、既に後藤の耳に達していると考えてまちがいない。

後藤が警戒体制をしいていることは確かだった。

ただ飛行機を使えば、確実に張り込んでいる後藤の部下に発見されてしまう。花木と傀だけではなく、真木野も連れているのだ。

東京から苫小牧に向かうフェリーに三人は乗りこんでいた。スキー板をキャリアに積んだ乗用車でフェリーを利用したのだ。

真木野は完全にあきらめたようだった。フェリーの中では常に、花木か傀が寄り添っていた。妙な真似をすれば即座に射殺する、といった花木の言葉を信じているようだった。

だが、真木野にしても、ヘリコプターを使い、しかも五年も前に一度行ったきりという記憶で、後藤の別荘の位置を完全に指摘するのは不可能だった。

鉛色の空と海、そして凍てついた陸地が彼らを迎えた。

入港すると、冷えきっていたエンジンを暖め、次々にフェリー内の車は発車した。だが凍結した一般道路を走るために、スノー、またはスパイクタイアを装備していない車はチェーンを装着しなくてはならない。

フェリー港で、傀たちの上陸を阻む者はなかった。

天候は曇り、気温は氷点下に達している。

凍結した国道を花木の運転する車が東に向かって辿り始めたのは、傀と花木が真木野を拉致した翌日の夕方だった。

右手に荒涼とした海が見えた。

それが太平洋だと花木に教えられても、ハワイの青く暖かな海と同じだとは傀には信じられなかった。

色は暗く、なによりも海面に白く走る波頭が、人間に対する厳しい拒絶を示しているように思われた。ヒーターを強にして走る車内からすら、そこを吹きすぎる凍てついた風の猛々しい唸りが聞こえるような、自然の姿であった。

真木野の話では、後藤の別荘は「北斗荘」と呼ばれていて、国道から北に、沿道を上った地点にあるはずであった。

花木は、真木野に別荘の見取図を書かせていた。

それは、二つの四角形を、鎖のようにつなげた形をしていた。

正方形の右下の角ともうひとつの左上の角が重なっている。

沿道は、ある地点から私道になり、さらに辿ると鉄のゲートが道を塞いでいる。そこを行くと右手に、二階建ての建物があり、一階が駐車場で、二階が監視所を兼ねた私兵の兵舎になっているようだった。

事実上は、その地点からが、後藤の別荘の敷地の始まりである。

前庭があり、正面に建物がたっている。その左手から、もうひとつの四角形へと続く。そこにはヘリポートとヘリコプターの格納庫があるのだ。

建物の内部については、真木野はウロ覚えだった。ただ、建物もまた二つの四角形をつないだような形で、右手前に位置する側の一階には、後藤の専用車のガレージが作られているという。

そのガレージだけは、建物の内部から庭を通ることなく、出入りできる。

後藤が外出する場合は、ガレージから車に乗りこみ、ヘリポートまで運ばれるのだ。

建物は地下一階、地上二階、二十室は確実にあるという。そのどこで、普段、後藤が生活しているかは不明だった。

建物の裏手には、燃料や食料を保管するための小屋が二つある。その向うは低い塀があっただけのような気がする、と真木野はいった。

樹海が広がっており、車はおろか、歩いても近づくことは容易ではないのだ。

「まさに要塞だな」

花木がいった。

車内には張りつめたような、重苦しい沈黙が淀んでいた。

傀は後部席に、真木野と並んでかけていた。三人とも、ダウンジャケットと防水、気密性の高い衣類を身につけている。それらは皆、花木が東京を立つ直前に、スキーショップで買い入れたものだった。

さすがにヒーターのせいで車内は、むっとするほど暖い。傀はダウンジャケットを脱ぎ、傍らのシートにおいていた。

「およそ五キロ四方には人家は一軒もないと、先生がおっしゃられたのを覚えている」

真木野が、東京を出て以来、ずっと変わらぬ暗い表情で告げた。確実に自分が死ぬということを信じている様子であった。

「ということは、国道からも、最低、五キロは北上することになるな」

花木がつぶやいた。

「後藤は、俺たちが上陸したことを知っているだろうか」

傀がどちらにともなく訊ねた。答える者はなかった。

「いずれ知ることになるだろう。別荘内に入る道は一本しかない。しかも監視所は、その道に沿って建っているのだ」

「そこが第一のネックになるな。監視所の私兵をすべて押さえる方法がなければ」

「そんなことは不可能だ。少なくとも十人はあそこで生活しているのだ」

傀の言葉に真木野が反発した。

「雪が降り始めたぞ」

花木がいったため、傀も真木野も窓外に目を向けた。

光を放つものは、ときたま行き過ぎる対向車だけになっていた。そのライトの中で、雪は初め、優美に宙を舞っていた。

だが、あっというまにその優美さは消え、凶暴な乱舞に変わる。横殴りに、あるいは吹き上がり、渦を巻き、叩きつけるように視界を白く塗り潰した。

「スパイクタイアだけでどこまで持ちこたえられるだろうか」

傀がいった。花木は目をこらして首を振った。

「それよりも、前方がどのていど確認できるかだな。沿道の標識を頼りに走っているが、それも見えなくなったら、前進は不可能だ」

「何キロぐらい走った？」

傀の問いに花木が答えると、傀は真木野をふり返った。

「もうそろそろ北上する沿道がある地点じゃないのか」

「おそらく、そうだと思うが……」

真木野は不安な表情で頷いた。

「これでは見過ごしてしまう」

花木がいった。無精ヒゲがわずかにのび、厳しい顔つきになっている。

「吹雪がおさまるのを待つか」

「いや、おそらく夜が明けるまで続くだろう。それまでガソリンを徒らに消費することはできない」

エンジンを止めれば、車内の温度が一気に下降することは明らかだった。

今や車は時速二十キロ以下で前進していた。雪の狂ったような乱舞が、ライトを乱反射して、それでなくとも閉ざされた視界をさえぎっている。

「もう少し進めば町がある。そこで何とかやり過ごすほかに手はないだろう」

花木がいった。

傀と真木野は無言だった。しかし、その他に取るべき手段がないことを本能的に悟っていた。

車はノロノロとした前進を続けた。吹雪はやむどころか、弱まる気配もなく、最早、対向車にすら出会わない。

重苦しい沈黙が車内を支配していた。

二十分ほどたった時だった。傀がまず気づいた。

「音が聞こえる」

「何の音だ」

花木が訊ね返した。

「車のようだ。左の方から」

「左？」

不意に前方に光芒が浮かんだ。黄色いフォグランプが強い光線を放っている。と同時いた。
ランドクルーザーは、お互いの車種がはっきりと見分けられる地点まで近づいてきて
フル装備のランドクルーザーだった。
それは徐々に三人の乗った車に近づいてきた。
「ライトの位置が高い、トラックか——」
に力強いエンジン音がはっきりと耳に届いた。

「地元ナンバーの車だ」

花木がいい、傀はウエストから抜いた拳銃を右手に握り、ダウンジャケットで被った。

ランドクルーザーは停止し、運転席から男が一人降り立った。乗っているのはその男一人のようだった。

毛糸の防寒帽をかぶり、襟を立てた分厚いコートで身を被っている。大股で両手を振りながら、三人の車に近づいてきた。

花木はやむなく車を停止させた。

男は四十代で陽にやけた、人の良さそうな顔つきをしていた。花木が下げたウインドウから首を入れ訊ねた。

「どこまで行くかね」

「帯広まで」

花木は作り笑いをうかべて、でたらめを告げた。

「ちょっと無理だね、この雪じゃあ」

男は首を振った。両手をコートのポケットに入れ足踏みをしている。

「この辺で泊まれるところはありますかね」

花木が訊ねると、男は考えた。

「新冠町なら、あと少しだがね」

「どうも」

「何だったらUターンして先にいってやろうか、このあたりには詳しくないんだろ」

「いや大丈夫です」

花木は頷いてみせた。

「そうかね、そんじゃあ気をつけて」

男はいうと、首をひっこめた。花木は窓を上げ、発進した。

男は車に戻らず、こちらを見送っている。

「気になることがある」

花木が走り始めてしばらくするといった。

「あのランドクルーザーの後ろに高いアンテナが付いていたのを見たか」

「見たよ」

傀は乾いた声でいった。

「モービルハムだ」

「地元の親切なおっさんだといいのだが」

「多分ちがうと思うね」

　傀は落ちついて答えた。

「予想以上に厳重な警戒をしているようだな、後藤は」

　花木がつぶやいた。

「どう出てくるか……」

「襲ってくる、まちがいなく。この雪はむしろ奴(やつ)らにとっては味方だろう。地の利を使って、こちらの進路を阻(はば)もうとするにちがいない」

「どうする？」

「待ち伏(ぶ)せよう」

　花木はいった。

「車を止め、外で待つんだ。幸い、吹雪(ふぶき)とウインドウの曇りで車内は見えない。もし私の勘が正しければ三十分以内に奴らは襲ってくる。そこをうまく突いて、後藤の別荘まで案内させるんだ」

「無茶だ、そんなことはできっこない！」

　黙りこんでいた真木野が叫んだ。

「黙れ」

　傀はスマイソンを肋骨(ろっこつ)に押しあてた。

「車を止めよう。真木野、お前は車内に残れ。傀くん、この男の両腕を縛ってくれ」

傀は、花木がダッシュボードから出したガムテープを受け取り、真木野を後ろ手に縛った。

花木はその間に素早くトランクルームから銃を取り出した。

十二番ゲージの散弾銃を傀に手渡し、自分はM1カービンを持つ。

傀は車の外に出た。息が詰まるような冷気が呼吸器を襲った。あわててフードをかぶったが、耳と鼻が千切れるような痛みを感じる。

花木が懐中電灯を手渡した。

「待つのはつらいぞ」

花木が耳元で叫んだ。傀は首を振り、親指をさし上げて見せた。

手真似で花木が、反対側のガードレールを指した。すべりやすい足元を確かめながら歩み寄ると、傀はガードレールの向う側を見おろした。

雪の積もった斜面になっている。

花木に頷いて見せると、傀はガードレールをまたいだ。体を縮めるようにしゃがみ、ロープの間から道路を見守った。

ほんの数メートル離れただけで、車の尾灯が赤く滲んだように、ぼやけている。

花木の黒い影が車を回りこんで、反対側に隠れた。

散弾銃を抱いて、道路を見つめた。寒気は頑丈なブーツをも通して脚に伝わってくる。

懐中電灯を短く点して、腕時計をのぞいた。午後十時を過ぎている。

ダウンジャケットの両脇が重かった。右ポケットにはスマイソンが、左ポケットに散弾と三五七マグナム弾が入るだけつっこんである。

花木はM1カービンとブローニングを持っている。車のトランクには、二発の手榴弾も入れてあった。

両脚がたちまち痺れ始めた。小刻みに足踏みをくり返す。

皮手袋をした両手を叩き合わせた。手袋についていた雪がとび散った。ひどく疲れ、眠りたいような気分が車中では続いていたが、今では吹き飛んでいた。

フードのせいで、風と雪は無音の舞いをくり広げている。今では傀自身がその中に埋もれていた。

自分の呼吸音だけが大きく響く。

傀は周囲を見回した。車の他に灯りを放つものはなく、民家のような影もない。

それは恐ろしく長い時間だった。

時計の針がまるでサボタージュをはかっているようにのろい。

それでも二十分が過ぎた。体が強張り、あちこちが痺れている。

五分に一度、傀は銃を下ろし、体を大きく動かして関節に熱を送りこんだ。

三十分過ぎた。

冷気と雪とは裏腹に、唇と喉がひどく乾いている。傀は手をのばすと、ガードレールに降り積もった雪をひと掻き、口に入れた。

一瞬、鋭い刺激が脳に伝わった。寒さに涙が湧き、視野が狭まるのだ。

何度も傀は眼をこすった。

そして、エンジン音を聞いた。

かすかだったそれは、フードを脱いでみると、意外に近いことがわかる。

心臓の鼓動が確実に早まり始め、傀は足踏みを忘れた。

散弾銃のポンプをスライドした。第一弾を薬室に送りこむ。

エンジン音は一台だけではなかった。数台のものが混じり合い、傀たちが向かっていた方角から響き始める。

同時に、来た方向からも一台が近づいてきた。おそらく、三人を発見した彼らのパトカーが出会う地点を計算に入れて、戻って来たにちがいない。

花木の運転とは比べものにならない速度だった。

三台が進行方向から現われた。

停車した車を発見すると、後続の一台が前のランドクルーザーを追い越して、対向車線に侵入した。

傀は体をできる限り低くして見つめた。

三台と一台は、傀たちの乗ってきた車をはさむように停止した。

対向車線をやってきた三台には助手席のドアに強力なスポットライトがついていた。

粉雪の舞う中で停止した三台は一斉に光芒を、真木野の乗る車に浴びせた。

ウインドウが真っ白に曇っているのがわかる。

ランドクルーザーからバラバラと男たちが降り立った。防寒コートと防寒帽は、最初に出会った男とそっくり同じだ。

訓練を受けた兵士のように見える。

最初の男——傀たちの車を追ってきたクルーザーに乗っている男だけは、自分の車を降りなかった。

一台に二人、合計六人の男たちが車をとり囲んでいた。

傀はそっと、ガードレールを越えた。男たちが乗り捨てたランドクルーザーの裏手に回る。

六人の中央にいた男が、コートのポケットから、オートマチックを握った手をつき出した。

「降りろ！」

グリップでウインドウを叩いた。

傀は膝をつき、散弾銃をかまえた。

男の言葉が合図になったかのように、他の男たちがコートの下からM16ライフルを抜いた。それを見て、傀の口は一気に乾いた。

M16と散弾銃、カービン銃では威力の差は歴然としている。

Ｍ1カービンは第二次世界大戦で使用された米軍の制式銃、片やＭ16はその数字の差の通り、米軍の現在の、制式銃だ。

オートマチックを握った男が、運転席のドアを引き開けると同時に、鋭い銃声が轟いた。

男の背に血が沫いた。

男たちがサッと散開した。フルオートに切り変えたＭ16が車の向こうを掃射した。

傀は散弾銃を射ちまくった。

至近距離で命中する散弾の威力は、三五七マグナムのパワーを上回るものがある。

不意を突かれた形で二人が路上に転がった。

残りの三人が向きを変える前に、傀はランドクルーザーの裏に逃げこんだ。

一瞬、自分たちの車に弾丸を射ちこむことを彼らはためらった。

銃声が交錯し、傀が車の反対側から首をのぞかせた時には、また一人が路上に転がっていた。

残る二人は中央にとめたランドクルーザーを楯に隠れている。

散弾をつかみ出すと、銃に装塡した。

不意に、反対側に止まっていたランドクルーザーが動き出した。

最初に出会った男が操っているのだ。ランドクルーザーは傀の隠れている車尾に向けて、突進してきた。

傀は散弾銃を投げ捨て、スマイソンを引き抜いた。
五、六メートルのところまで接近したランドクルーザーのフロントグラスに、両手で構えた銃を撃ち込んだ。
ボンネットにもたて続けに撃ちこむと、そのまま身をひるがえし、ガードレールの向うへ跳んだ。

金属がぶつかり合い引き裂ける、激しい音を背後に聞きながら、傀は右肩を下に雪の積もった斜面に落ちた。

ガソリンに引火し、突っ込まれたランドクルーザーが爆発音を立てた。次の瞬間、炎の雲があたりを被う。

炎は一瞬だったが、傀の倒れているあたりにまで及んだ。

銃声はまだ続いていた。

爆発、炎上したランドクルーザーが楯の形となって、男たちは傀のいる方角まで銃弾を放ってはこなかった。

傀は呻きながら、膝をついた。右腕が衝撃で痺れていた。

スマイソンのグリップを右手に握ったまま、左手でシリンダーを開き、薬莢を落とすと、装塡した。

弾丸をこめ終えると、体を低くして斜面を走った。ランドクルーザーを楯にして花木と撃ち合っている男たちの、背後に回るつもりだった。

十メートルほど走ると、ガードレールを音を立てないように跨いだ。

真っ白にスポットライトを浴びて、蜂の巣になっている傀たちの車が正面に、左手には炎上している二台のランドクルーザー、そして、もう二台のランドクルーザーにはりつくようにして二人の男のシルエットがあった。

男たちはランドクルーザーのボンネットを楯に、中腰の姿勢でセミ・オートに切り変えたM16を、傀たちの車と、その向うの闇に撃ちこんでいた。

傀はゆっくりと路上に腹ばいになった。

両手で構えた銃をまっすぐ前方にのばし、銃の先端と足の爪先が一直線になるようなスタイルをとった。

ポリス・シューティングの、遮蔽物のない銃撃戦に際した姿勢だった。

左手にいる男の両肩の間を狙ってトリガーを絞った。確実な衝撃が腕に伝わり、男は前のめりに突き飛ばされたような恰好で倒れた。

もう一人が慌てて、こちらに銃を振り向けた。傀は撃った。

右肩に弾丸は命中し、男は体を半回転させて倒れた。

そのまま動かない。

ハンマーを起こして、傀はまだふせたまま身を起こさなかった。

雪は舞い続けている。胸や胃に地面の冷たさを感じる余裕が生まれ、やっと傀は身を起こした。

スマイソンを突き出すように構えて、歩み寄って行く。

花木がよろめくように傀たちの車の向う側で立ち上がった。ガードレールを越えかけ、足を滑らして一度倒れる。

傀は駆け寄ると、腕をさし出した。首を振って、花木はガードレールをつかんだ。

「……真木野を……」

しわがれた声で花木はいった。

跳弾で裂いたのか、額に傷があり血が流れている。唇も切っていた。

傀は、真っ白になった車のガラスを銃で叩き割った。

後部席の床に真木野がずり落ちていた。

腹、胸、喉に数発ずつ被弾し、血溜りの中で事切れている。

傀は吐き気をこらえるために、唇をすぼめた。寒気が堪えがたく感じられ、体が震え始めた。

花木がわずかに足をひきずりながら、路上に倒れた男たちを確認していた。

突然、爆発音が轟き、その姿が路面に崩れた。

突っ込んだ方のクルーザーのガソリンタンクに、炎が引火して爆発したのだった。

炎の熱で、凍結した路面が溶け、黒く色を変えている。花木は再び、おぼつかない足を踏みしめた。

最初に花木が撃った男は左胸を撃ち抜かれ、即死していた。

傀は、背後からスマイソンで狙い撃ちした二人に歩み寄った。
最初の男は即死、二番目は血溜りの中でもがいている。
手の届く位置にM16が落ちているのだが、拾う気力もないようだった。
傀はM16を拾い上げた。
男がもがくのをやめ、荒い息をしながら傀を見上げた。
まだ若い。傀より二、三歳しか年が離れていなかった。
涙と血で頬が汚れている。
殺されると思っているようだ。瞳に脅えだけがあった。
「こっちは皆、死んでいる」
花木の力のない声に、傀は振り返った。
M1カービンを右手に下げて、花木が歩み寄ってきた。
傀はそれに気づき、自分が散弾銃を放り出したあたりを見やった。
突っこまれたランドクルーザーがガードレールを破り、音もなく燃えている。
傀はM16を握り直すと、男を見下ろした。
花木が傍らまでやってきて立ち止まり、大きく肩で息をした。
気づいたように周囲を見回すと、無事な二台のランドクルーザーの片方に歩み寄った。
ドアを開き、苦心して運転席に身を入れる。
「その男をこっちに乗せてくれ」

花木がいうまで、傀は呆然と、その様子を見つめていた。

男の左腕をつかんで、抱き起こした。

男は激しく呻いた。右腕は、ブラリと下がっている。

おそらく生きのびることができて、傷が治っても、その腕はマッチ棒一本持ち上げることができないだろう。

後部席のドアを開き、男を寝かせた形で押しこんだ。

「真木、野、は、どう、した」

まだ呼吸が戻らずに、花木は訊ねた。

傀は無言で首を振った。

花木はじっと傀を見つめた。

「大丈夫か」

傀は頷いた。

吐き気はおさまったが、胸の底にチリチリと走るものがあった。

花木はランドクルーザーのイグニションを回した。

「そうだ、あの車から手榴弾をとり返してこなければならん。傀くん、その間に、この男の身体検査をしておいてくれたまえ」

花木がランドクルーザーを降りると、傀は背後を振り返った。

男は呻くのをやめ、眼を閉じていた。出血と痛みのショックで、土色の顔をしている。

傀は男のコートを開いた。コートの下に、男は黒のトックリセーターを着ていた。セーターの下は厚い下着だった。血に染まっている。

コートのポケットに折り畳みのナイフが入っていた。傀はそれをダウンジャケットのポケットに移した。

移すとき、散弾のショット・シェルが幾つか手に触れた。傀は、その赤いプラスチックの弾を拾い出すと、窓から投げ捨てた。

散弾銃が燃えてしまった今、無用の代物だった。

花木がダウンジャケットの両方のポケットに手榴弾を入れて戻ってきた。

ランドクルーザーに乗りこみ、ゆっくりとUターンさせる。

ランドクルーザーの車内は冷えきっていた。窓を上げ、大急ぎでヒーターを強にする。ダッシュボードの下に無線器が備えられていた。花木はそれをオフにした。

乗用車に比べ、ランドクルーザーは車高が高く、視界が広い。しかも脚回りはがっちりと固められている。車内には私物は何もない。ランドクルーザーは四台の車と七つの死体を残して走り始めた。

一キロほど現場から遠ざかったところで花木は車を止めた。すでに背後は闇に閉ざされ、炎も何も見えない。

「さてと」

厳しい表情で、花木は振り向いた。

「傀くん、その男をすわらせてやってくれないか」

傀は体をのばし、男を抱え起こした。

呻きながら、男は眼の焦点を花木に合わせた。

「痛むかね、傷は」

花木がいたわるような調子で訊ねた。

男は唇まで色を失いながらも、ひと言も発さなかった。

「怪我人である君に、私たちはもうこれ以上手荒な真似はしない。だが、もし君がわたしたちに協力してくれなければ、話は別だ」

男は無言で花木を見つめていた。
二十八、九で髪は短い。頬が削いだように細くて、眼は鋭かった。
「まず、君の名から訊こう」

傀はじっと男の眼を見つめた。その眼を見返しながら、男は意外にしっかりした低い声でいった。

「関、関直次だ」

「年は？」

「二十九」

「いつから後藤の下にいる？」

ためらう色が眼に浮かんだ。傀は黙って首を振った。

「よ、四年前」

「後藤の北海道の別荘には？」

「一年、来月で丸一年」

「別荘には君のような男がたくさんいるのか」

「知らん」

「よせ！」

傀が短くいった。銃撃戦以来、初めて言葉を口にした。

男の眼に脅えが浮かんだ。

「あと、五人いる。俺たちが帰らないので、心配しているだろう」

「よろしい、君を連れて帰ろう。道を教えてくれ」

花木は頷いていった。

男はあきらめたように眼を閉じた。

「もうしばらくまっすぐ走れ。左手にアイヌの柱が立っているところがある。その先を左だ」

花木はすわり直した。傀は車が加速するのを感じた。

ランドクルーザーに装備されたライトは、傀たちの乗っていた車とは比べものにならぬほど、視界を延ばした。雪は降り続いているが、車の進行速度は倍になっている。

白い夜の底部は、巨大な棺桶と化していた。傀の胸の底を、熱い、腐食性の酸が流れている。

口が再びひからびたように乾いていた。

「俺とあんたでとうとう戦争を始めちまったってわけだ」

傀は低い声でいった。

花木は答えなかった。白い雪片が踊る、黒い緞帳に目をこらしている。

「彼が吸いたければやってくれ」

花木がタバコをダウンジャケットから取り出した。一本をくわえ、箱を傀に手渡す。

傀は箱をつかんで、関と名乗った男に訊ねた。

「吸うか」

黒く汚れた頰が小さく上下した。

傀は慣れない手つきで一本を抜いた。花木がライターをさし出した。

それを受け取り、煙草を自分の唇にはさんだ。火をつけ、少し吸いこんだ。

苦く、暖かな煙が口中に入った。それを吞みこまずに吹き出すと、男の口にくわえさせた。

男が左手を上げて、煙草をつまんだ。フィルターが男の唇に貼りついている。

目を瞠いて、車の前方と傀の顔を見比べた。瞳に苦痛があった。こらえているが、涙が意志を裏切っている。

「話してくれよ」

傀はその顔を見おろしたままでいった。

「何をだ」

花木が訊ねる。

「俺の父親の最期だ」

「…………」

車は走り続けている。ひどく揺れた。

「私たちは、当時麻布にあった後藤の屋敷を襲った。襲ったのは午前三時きっかりだった。

強盗に見せかけて、家の者を縛り上げ、後藤だけを殺してくるつもりだった。

侵入はたやすかった。三百坪ぐらいの屋敷に、寝ずの番はおらず、番犬すら飼われてはいなかった。二階家の一階の窓ガラスを割って入りこみ、お手伝いと書生の三人を縛り上げた。二階からは物音ひとつしなかった。

一階の、階段の踊り場に、大きな柱時計がかかっていたのをよく覚えている。

暗闇の中で私たちは二階に上がった。二階は広く、廊下をはさんであちこちに部屋があった。後藤の寝室が二階にあることを、私たちは調べあげていた。そのどこかを知るために、まず手前の部屋の扉をひき開けた。

中には猟銃をかまえた男たちがいた。開いた瞬間、彼らは撃った。私の前にいた佐和田が両手首を吹っ飛ばされた。

散弾銃だったのだ。

私はそのうちの一人に向けて拳銃を撃ったがあたらなかった。待ち伏せを食うことを予期していなかった私は動転していた。

佐和田の体をひきずって、反対側の部屋に飛びこんだ。内側から鍵をかけて、あたりを見回すと、そこは書斎だった。

後藤のデスクでドアにバリケードを作った。部屋を出るには、そのドアと家の裏手に面した窓を使う他はなかった。

ドアの向うでは体当たりが始まっていた」

花木は言葉を切って、不意にランドクルーザーを止めた。ライトを切り、闇に沈める。

「どうした」

「目印の柱がそこにある。そっちに行く前に話してしまおう。

佐和田は、私に、自分をおいて逃げろといった。だが、それはできなかった。体当たりが激しくなったので、私はドアに拳銃を撃ちこんだ。

物音がやみ、人声が遠ざかった。警察を呼べ、という声が最後に聞こえた。

『俺を撃て、撃って逃げろ』

佐和田はいった。それは井田の機関で殺人を始めた頃からの規則だった。我々は常に二人一組で行動し、そのどちらかが負傷をして動けなくなり逃走が不可能と思われたときは、射殺せよ――そう井田中佐にも命令を受けていたのだ。

『傀を頼む』

佐和田はそういった。私は彼のコメカミに銃を押しつけ撃った。両手首を失った佐和田の死体に、自殺の偽装をさせることは不可能だった。私は窓から外に跳びおりた。

パトカーのサイレンから逃げ回り、都内に潜伏した。だが私の人相を詳しく警察に知られていて、長く逃げ回ることはできなかった。真木野が後藤に内通していたことは、そのときに知った」

「警察には、あんたと俺の父親が殺人を他にも犯していたことを知られなかったのか」

「知られなかった。私たちは証拠を残さぬようにやってきたし、後藤も真木野から聞いていた私たちに関する話を警察には告げていなかった。無論、真木野は一切、表には名が上がらなかった。真木野は、警察に通報せず、直接、後藤に情報を売ったのだ。なぜだったのか、それもとうとう訊くことはできなくなった」

「後藤はなぜ、警察にその話を知らせなかったのだろうか」

「私はそれをずっと考えていた。私が過去に殺人を犯していたことを警察に話せば、私の死刑はまちがいない。だが、あの男がそれをしなかったのは、真木野の名を表に出すまいとしたのだ、そう解釈してきた」

「今でもそう思っている？」

「いや」

花木はいった。闇の中で煙草の赤い火が揺れた。

「なぜだ」

「矢部の回顧録に関する、真木野の話が私にその考えを捨てさせたのだ」

「どういうことだ」

「後藤本人にそれを確かめようと思っている。君にとっては、さほど重大な問題ではない。だが、私にとって、どうしても知りたい答がひとつだけあるのだ。それは、後藤に会えるまで、私の胸の中にしまっておこう」

「わかったよ」

傀は頷いた。

花木がルームライトを点した。それは頼りない光りだったが、それでも傀には眩しく感じられた。

無線装置の電源を入れ、マイクを取り、無言で二人の会話を聞いていた関にさし向けた。

「応援を要請するのだ。できるだけの数の男たちを、さっきの場所に向かわせろ」

「断わる」

関は意外にしっかりした声でいった。花木はブローニングを膝の上からすくいとった。銃口を関の太腿の付け根に向ける。

「助かっても男性能力を失なうことになるぞ」

「何といわれても断わる。貴様たちが先生を殺すつもりで来たことはわかっているのだ。

北斗荘に行けば、貴様らは死ぬだけだ。だから案内はしてやる。だが、先生や仲間を裏切るよう、俺にいっても無駄だ」

「急に強気になったな──よかろう。無線のスイッチをずっと切っていたのだ。向うは異変には気づいているはずだ」

関は、唇の端にぶらさがっていた煙草を吐き捨てた。ブーツで踏みにじる。

「貴様たちは間違っている。先生を殺せば、日本のことを真剣に考える者が一人もいなくなってしまうぞ」

「狂っているのは君の方だよ、関くん。確かに後藤は怪物だが、奴は決して日本を愛してなどはおらん──むしろ、その逆といえるだろうな」

「狂人と話す口は持たん！」

花木の面が強張った。傀は、その瞬間花木が彼を射殺するかと思った。

「今ここで急に、私たちが知っている後藤の姿を君に話しても信じてはくれんだろう。また後藤が何を考えているかなどは、君らのような兵士は永久に知ることはあるまい」

しかしもう関は口をひき結んで何もいわなかった。

「では行くか」

花木が無表情にいってライトのスイッチを入れた。傀はルームライトを消した。

「まっすぐ後藤の別荘に突っ込む気なのか」

傀はいった。

「まさか。そんな自殺行為をするつもりはない。後藤の別荘の位置を確かめたら、車を捨てて、今度は歩いて行くのだ。二手に別れ、傀くんには、別荘の裏側から侵入してもらう。発電機の位置を調べて破壊するのだ。そのときに私が正面から入る——まっすぐ別荘の内部を目指して進んでくれ。後藤を発見したらひきずり出して、車で脱出する」

「この男はどうする」

「車の中に残していくほかはないな。ただしエンジンと無線器は壊しておく。運が良ければ、仲間が助け出してくれるだろう」

脂汗をうかべた関は無言だった。

花木がランドクルーザーを発進させた。

傀は腕時計をのぞいた。

午前零時に針がさしかかっている。

もう何も考えることはないのだった。体を動かすことだけが残っている。

俺は歩き、走るだろう。そして獲物を捜しあて、殺す。途中で倒れれば死が待っているだけだ。

恐怖はなかった。

傀は不思議に澄んだ気持でランドクルーザーの進路を見つめていた。

5

沿道を十分ほど走ると、道が極端に狭(せば)まった。花木はランドクルーザーを止めた。

「どうやらここからが後藤の別荘の私道のようだな」

スイッチを入れた無線器は一度だけ、呼び出しをおこなっていた。しかし、花木はマイクに触れようとはしなかった。

後続の部隊を送り出して、安否(あんぴ)を確認する気は、後藤側にないようだった。おそらく、それだけ別荘が手薄(てうす)になるのを警戒しているのだろうと、傀は思った。

猛吹雪は続いていた。沿道に残す傀たちのランドクルーザーの轍(わだち)も、雪がきれいにおおってゆく。

しかし、それでも、数台の轍がそこに残されていた。

「よし、ここから歩こう。こうなっては天候がむしろ、私たちに味方をしてくれる」

花木はいって、ランドクルーザーのキイを抜いた。

傀は関から取り上げたナイフを出すと、無線機のコードを切断した。

花木がボンネットを開いた。懐中電灯を手にして、傀からナイフを受けとると、車を出た。

ファンベルトを切断した。

傀は関の顔を見つめた。土色の顔は、出血のために意識を失いかけていることを示していた。

白い闇の中で、花木は傀を待っていた。傀はフードをかぶり、M16を脇に抱えてランドクルーザーをおりた。

雪の中にブーツが埋まる。再び冷気が鼻と喉を襲った。

花木が手榴弾を取り出した。

「こいつの使い方を教えておこう」

「これが安全ピンだ、こいつを抜き、この部分を強く叩くと信管が作動する。差はあるが、少な目に見て五秒で爆発する」

円筒型の重みのある手榴弾を一発、傀は受けとった。ダウンジャケットの右のポケットからスマイソンを抜き、ウエストに移すと、そこにさしこんだ。

「行くぞ」

花木がカービンを肩にかけ、懐中電灯を手に歩き出した。

五十八という年齢を考えるなら、超人的な体力、精神力だった。

この二日、傀も花木も睡眠時間を充分とっていたとはいえないのだ。真木野を逃がさぬために、フェリーの中でも交代で眠った。

それに加えて、激しい寒気は、人間から気力、体力を恐ろしい早さで奪う。

花木が文字通り、死力をつくして後藤を襲うつもりであることは確かだった。花木ならば、「ダウン」のような殺し屋を雇ったり、あるいはヘリを飛ばして後藤を上空から襲撃することも容易だった筈だ。

　それをせず、むざむざと殺される危険を犯してまでこの手段を取るのは、花木が、どんなことがあっても、自分の手で後藤を殺す決意を固めているからにちがいなかった。

　ニューヨークという大都会でしか本格的な冬を味わったことのない傀にとって、絶えず目を、鼻を、襲ってくる寒気と、そして視界を塞ぎ恐怖心を呼びおこす吹雪が最初の敵だった。

　凍死――未だかつて、自分の身の危険としては一度も考えたことのない対象であった。ひとたび歩むのを止め、休息を得ようとするなら、疲労が眠気を誘う。そうなれば、撃たれることも、殴られることも、刺されることもなしに、死が待っている。

　ランドクルーザーは数分歩いただけで見えなくなった。顔をまっすぐ上げることもかなわず、傀はうつむいたまま、歩きつづけた。

　道は雪に埋もれ、凍てつき、そしてまたその上を雪がおおっている。

　今、はっきりと傀は、風と雪の唸りを聞いていた。花木が雪を踏みしだく音と、自分の呼吸音、そしてその唸りだけが、白い闇にある音のすべてだった。

　花木が立ち止まり、大きく喘いだ。白い吐息が、洩れ出るエネルギーのように、彼の体力の衰えをあらわしていた。

「俺が先に歩く」

っている。

槐はいった。懐中電灯の乏しい光では、五メートル前方すら、うかがい知ることが不可能だった。ただ足元を確かめ、道を外さぬように行くしかない。道がわずかずつだが、昇りになっていることも、二人の体力を消耗させる原因だった。

私道は、それでも雪が掻き分けられたあとがあった。道をそれると三十センチは深ま

槐は腕時計を見ながら歩いた。花木が後をついてくることは足音でわかった。

だが、十分進む間に、花木は二度、転倒した。二度目には、痛めた方の左脚の膝を強く打ち、数分間、立ち上がれずにいた。

槐が前を歩き出してから二十分後、ようやく二人は鉄の門に到達した。

高さ二メートル、幅は私道いっぱいに広がる鉄門が進路を阻んでいる。

「北斗荘、関係者以外、立入禁止」

二人は荒い息をつきながら、鉄門に下がった札を照らし見た。

私道の両側は、樹海が厚い闇の壁のようにそそり、連らなっている。樹海と私道の境に掻き分けられた雪が積まれていた。

花木が懐中電灯を消した。

「槐くん、私を肩車できるかね」

槐は答える代わりに、M16をおろした。

真木野の地図では、この鉄門をさらに数十メートル行くと、監視所を兼ねた私兵の宿

舎が右手にあり、正面が後藤の別荘、左奥がヘリポートということになる。約三千坪という広さは、およそ一万平方メートル、正方形ならば百メートル四方である。その敷地は低い塀で囲われているという。

傀はかがんで、花木の両脚を肩に回すと、立ち上がった。花木が厚い手袋の手を鉄門にかけて、内部をうかがった。

「よし、おろせ」

小声で花木がいった。

おりると花木は、雪の上で絵を描いた。

「正面右寄りにまず灯りが見えた。スポットライトのようだ。別荘の前庭を舞台のように照らしている。スポットライトを壁にすえつけた二階家が手前にある。暗くてよくは見えないが、おそらく監視所だろう。門をこえて進めば、十メートルと行かないうちに発見されてしまう。前庭のずっと奥に灯りがいくつか見えた。そこが、別荘の主家にちがいない。そこまで行くには、発電機をつぶさなければ無理だ」

別荘の裏手は、湿原になっている。そこに行きつくには、この樹海の中に分け入り、百メートル四方ある別荘の敷地を迂回しなければならない。迂回し、塀を乗りこえて、発電機を捜し当て破壊するのだ。

「あんたをこの門の内側に押しこむから待機してくれ。灯りが消えたら突進する――」

「まず狙うのは、主家の一階にある後藤専用のガレージだ。いいか、もし発電機が主家の中にあれば、地下室だ。ガレージはおそらく地下室につながっているにちがいない」

「主家の中にあるとすると大変だ。中に入ってから捜し回ることになる」

「おそらく、別棟だと思う。自家発電機は音をたてるし、燃料を補給する上からいっても、主家とは別にある方が便利だ」

「わかった」

「いいか、ためらうな。向かってくる者がいたら撃て」

花木は傀の肩をつかんでいった。

「わかってる、俺は麻美のことを忘れちゃいないぜ」

麻美の名を口にした途端、傀の腹に熱い炎が点火された。

「ではもう一度、肩車をしてくれ」

傀は花木をかつぎ上げた。

「運がよければガレージで会おう」

「オーケイ」

花木が鉄の門にすがり、傀の肩から体重が遠のいた。荒い息をつきながら、花木は鉄門を鳴らし、乗りこえた。

反対側に落ちる、ドサッという音を傀は聞いた。

傀は鉄門に背中をもたせた。大きく息を吸いこみ、思わず咳(せき)こむ。咳がやむと、雪を再び口に含んだ。

麻美の名を口にしたことで、傀は冷たく確かな力を身内に感じていた。M16を拾い上げると肩に通した。

殺すために生きてきた——その証しが目前にあるのだ。

私道をそれ、傀は鉄門と平行する位置で、樹海に入った。左手にブロックを積んだ塀が立っていた。高さは三メートルはある。

その塀ぞいに進むことはできない。樹海の間にもスポットライトがさしこんでいるのが見える。

発見されずに別荘の裏手に回るには、闇に閉ざされた樹海をぐるりと回ってゆく他はないのだ。

一歩足を踏み出した瞬間、傀は膝まで雪に埋まった。バランスを失い倒れた。

まるで海に沈んだような気分だった。抵抗なく雪は傀を包み、沈めた。鼻孔にも眼にも雪は入りこんだ。粉のようにサラサラとして、しかしそれゆえに始末に悪い。

歯をくいしばって、傀は立ち上がった。右脚を大きく持ち上げて、一歩を踏み出す。

樹海の中を十メートルと進まぬうちに、傀は二度、転倒した。ただでさえ木の根や、斜めにつき出た幹で、足場の悪い地面を、雪は区別なくおおい積もって、平坦に見せている。その見せかけにだまされると、足をくじき雪の中に倒れこむことになるのだ。

風と雪は、嘲笑うかのように叫び、傀の体を包んで翻弄した。目をつぶし、息を詰まらせ、凍えさせる。

疲れさせ、熱を奪い、気持をくじこうとするのだ。

その上、張り出した枝が、闇の中で不意に傀の体を捕え、打つ。二十分ほど、よろめくように傀は歩きつづけた。額に打ちつけた傷ができ、そこはただ痺れていた。

しかし、冷えて強張った肌を打ちつけると、その痛みは想像を絶した。感覚を失ったと思っていた鼻を、細い小枝が鋭く打ったときは、痛みにうかんだ涙で前が見えなくなるほどであった。

左手に樹海のすき間から、スポットライトで照らし出された塀の付近が見えた。およそ二十メートルはそこから奥に入っている。スポットの向う側は闇で、そこに部屋があり窓から監視しているのかどうか、うかがい知ることはできない。

数十メートルしか離れていない別荘の中から何の物音も聞こえてこないのも不気味であった。

彼らは敵を発見し、討伐部隊をくり出している。その部隊からは一時間以上も連絡が途断えているのだ。変事があったと見るのは当然だろう。

傀は、車に残してきた関を思った。あの若者が生きのびるチャンスはゼロに等しい。シートには血の匂いが強く漂っていた。多量の出血と被弾によるショック、そしてこの冷気が彼の生命を蝕むことはまちがいない。

闇の向う側には、彼のような男たちがまだ何人も、銃を携えてひそんでいるのだ。樹海の中をよろめくように歩む傀の姿を発見したならば、即座に発砲してくるであろう。

彼らが、国道の死体を放置しておくはずはない。銃を持った男たちの死体、そしてランドクルーザーは、東京ではともかく、この北海道では、すぐに後藤の別荘のものと知れる。

万にひとつの全滅も疑っていないとしか考えられない。

しかしそれでも、いずれ様子を調べる者を送り出すであろう。

そこまで考えて気づいた。その後続部隊を送り出せば、関を置いてきたランドクルーザーを発見される。そうなれば、別荘内がしらみつぶしに捜査されることは確実であり、花木が見つけられるのは時間の問題である。

脚を痛めた花木一人に分はない。

傀は精一杯の早さで進み始めた。体力の消耗は甚だしかったが、猶予はない。

雪を蹴立てた。

私道の雪は凍結し、まだ歩みやすかった。しかし、積雪していたところに吹雪がつもらせた樹海の間は最悪だった。

顔中が小さなひっかき傷だらけとなった。刺すような痛みがやがて、鈍痛と痺れに変わる。途中、傀は立ち止まり、手袋を脱ぐと両手で顔をこすった。

感覚が甦る一瞬、傷は激しい痛みを呼ぶ。

ようやく、樹海に入ってから五十分後、傀はスポットライトを浴びせられていない塀にたどりついた。近づくと、懐中電灯で照らし出した。

高さはあい変わらず三メートルで、天辺には鉄条網が張ってある。

塀の一メートル手前で樹海は切れている。おそらく、樹を伝った侵入者を阻むため、伐採したにちがいない。

要塞と呼んできたが、ある意味では刑務所のような建物である。

傀はM16を塀にたてかけた。

できうる限りのスピードで雪をかき集める。

傀は雪ダルマという奴を作ったことはない。しかし、球形の雪の固まりを転がせば、それが自然に肥大することを、じきに知った。

大中小、三つの雪玉をこしらえると、塀ぎわに重ねた。一メートル五十センチばかりの高さになる。

M16を肩にかけると、脚をかけた。雪は表面が柔らかく、十センチほどブーツの爪先を埋めたが、芯はどうにか傀の体重を持ちこたえた。

塀の上の、二本の鉄条網のすき間から中をのぞいた。

スポットライトを浴びせかけられた、ただの広い空地と、背の高い、カマボコ型の建物が正面右手に見えた。それが、ヘリコプターの格納庫であることはすぐにわかった。

ヘリコプターの大きさはわからないが、この悪天候で飛ばすことは不可能だろう。

左手に、塀からおよそ二十メートルの開きを持って二階建ての四角形の建物の一部が見えた。

別荘の主家だ。

そのあたりは暗く、吹雪のせいもあって、窓があるのかどうかはわからない。あっても灯火を点していないことは事実だ。

傀は鉄条網にひっかけぬよう、塀にかけた手に力を入れた。上体をゆっくり、まっすぐにひき上げる。片脚を塀のへりにかけた。

塀の厚みは二十センチばかりあった。約一メートルおきに、細い鉄柱で支えられた鉄条網が、塀の天辺からそれぞれ、約十五センチ、三十センチの高さで張られている。

鉄条網に警報装置がついているかどうかは不明だった。ただ、触れることはできない。

花木を鉄門に残してきたことはまちがっていなかった。花木の体力と脚の具合では、この塀をのりこえることはできない。

塀の上に、鉄条網を跨ぐようにして立った。膝をわずかに曲げると、飛び降りる。

このときだけは、雪は傀に幸いした。クッションの役を果たし、うまく着地した。

傀は闇にうずくまると、手の震えと呼吸がおさまるのを待った。

ダウンジャケットからナイフを取り出して、刃を開いた。それを右手に持って素早く、足音をさせぬように走った。

主家の、そこに面した部分は、壁と小さな窓だった。屋敷の中でも重要ではない部分の外郭にあたるのだろう。

壁ぎわにはりつくように、周囲を見回すと、左手にさっき見た格納庫、右手に小屋が、建物と塀にはさまれるようにして建っていた。

小屋は並行して三つ建っている。そのうちのひとつに自家発電機がある可能性は高い。

傀は目をこらした。発電機があるとすれば、電線がのびているはずだ。

確かに電線はあるようだった。しかし、三つの小屋全部とつながっている。主家とつなぐケーブルを、傀は捜した。

近づかなければわからない。しかし、自家発電機というやつは音をたてる。

三つの小屋がひとつずつ見分けられるまで近づけば、音が聞こえるかもしれない。傀は思った。

小屋までの距離はおよそ三十メートルあり、中間に小さな畑がある。そして、小屋のひとつひとつには外灯がついていて、あたりを照らし出していた。傀は小走りに駆け出した。

そいつは、音をまったくたてなかった。ただ背後に来たとき、低い唸りと荒い息づかいが聞こえた。体をひねろうとした一瞬、傀は腰に異様な衝撃を受けて、転倒した。

真っ黒く巨大な犬だった。傀のダウンジャケットを鋭い牙で引き裂くと、そいつは次の瞬間、喉に向かってきた。

傀は咄嗟に左腕をつき出した。

シュッと音を立ててダウンジャケットの袖が裂け、羽毛が散った。牙ががっしりと左手首の上をはさんだ。

歯をくいしばって声を押さえると、傀はナイフを、そいつの首に当てた。

毛むくじゃらの首に斜めにつき立てるようにしておしひいた。

暖かい液体がパッと、仰向けになった傀の胸に散った。喉がゴロゴロと音をたてた。顎に力が加わり、急にそれが抜けた。だが、牙は傀の腕につき刺さったままだった。ナイフを犬の口蓋にこじ入れ、テコにして開いた。牙が抜けると、今度は傀自身の血が左手を暖かく濡らした。

吐き気が激しく襲ってくるのを、懸命にこらえながら、傀は犬の死体をころがした。ナイフを雪につきたて、パンツから取り出したバンダナで左腕を縛った。右袖に口をおしあてて、傀は呻いた。

よろめくように立ち上がり、傀は走った。

一番手前の小屋の裏側——塀際に回りこむと、吐き気がこらえきれなくなった。戻し終えると、雪で口をすすいだ。

一番手前の小屋は、高さがおよそ三メートル、幅が五メートルほどあった。コンクリートで壁は固められている。

五メートルほど先に、二番目の小屋が建っている。

傀は足下で、響きを感じていた。自家発電機は、中央の小屋の下から振動を伝えていた。

中央の小屋の裏に駆け込むと、響きは、はっきりと、壁に、地面に伝わっていた。

その小屋の反対側から、主家の窓が見えた。灯りが、二階の大きな窓についている。

そこは、さっき傀が犬に襲われた壁とは直角になる壁の窓だった。

それをのぞき見ると、体を低くしてひっこんだ。小屋の入口は、主家に面した方の、外灯の下にある。

鍵もかかっているにちがいない。

傀は唇（くちびる）をかんだ。その小屋に、窓はひとつもなかった。

錠前破（じょうまえやぶ）りは、彼にはできない。

コンクリートの壁を、傀は懐中電灯の尻（しり）で叩（たた）いた。固い音がする。およそ十センチの厚みはあるようだ。

声高（こわだか）の人声と、エンジン音が主家の向う側から聞こえた。エンジン音はランドクルーザーのものだ。

ついに様子を調べに、後続部隊が出たのだ。

エンジン音は、瞬（また）く間に遠ざかった。二十分あれば、関を残したランドクルーザーを発見して戻（もど）ってくるにちがいない。

左腕は激痛をもたらしていた。小さな一挙手一投足が、脳に直接響くようだ。

手指を動かすことはできるのだが、肘（ひじ）から下を持ち上げることがかなわない。

傀は、ナイフの刃を腿（もも）に当ててしまうと、ダウンジャケットの右ポケットに落とし、かわりに手榴弾（しゅりゅうだん）を取り出した。手袋を通して、手榴弾に移った傀の体の温もりが伝わってくる。

安全ピンを抜き、壁に叩きつけて信管を作動させた。
小走りで小屋の表側、スティールドアの下に放ると、逃げた。身を伏せる。
爆発音は大きかった。地面が揺れ、ガラスの砕ける音が響いた。
傀は立ち上がると、内側に吹っ飛んだドアの中に駆けこんだ。
耳鳴りがして、物音が聞こえない。
小屋の一階は変電施設だった。コンクリートの床に金網で囲いがしてある。
壁ぎわに積まれた木箱で小さな炎が燃えている。
ひと目でそれを見てとると、M16を腰で支え、フルオートで乱射した。
耳鳴りのおさまりかけた傀の耳に、大きな叫び声が聞こえた。
左右に、水を撒く要領で撃ち込んだ。激しい火花が飛び、ケーブルがのたうつ。
身をひるがえすと、小屋を飛び出す。その間、およそ十秒といったところだった。
別荘は闇に閉ざされていた。
主家の窓も、前庭のスポットライトも消えている。
頭の中で、真木野の書いた地図を思い浮かべながら走った。
誰かが、正面から雪を蹴たてて走ってくる気配があった。怒声が交錯している。
「そこにいるのは、誰だーっ」
雪明りを頼りに、五、六メートルに接近した人影が叫んだ。
傀が答えずに駆け抜けようとすると、その人影がうずくまった。

傀は身を投げ出した。銃火が、片膝をついた、男の肩で閃いた。

右手で身を起こすと、M16のトリガーをひいた。銃が跳ね、男が後方に倒れた。

ガラスの砕ける、ガシャーンという音が左前方から聞こえた。前庭をはさんで、監視所の建っている位置だ。

次の瞬間、その建物の内部で赤黒い炎の塊りがふくれ上がった。爆発音と共に、窓枠が吹っ飛び、人間の姿をしたものがその窓枠を追って飛び出した。

花木が二階の窓に手榴弾を投げこんだのだ。

監視所で上がった火の手が前庭に薄明りを与えた。

四、五人の人影が、二階建ての監視所の一階に見えた。箱を連らねたような駐車場も見えた。六台分のスペースに、今は一台しかおさまっていない。怒号が渦巻いている。

傀は、そのあたりにM16を撃ちこんだ。

人影が前庭を斜めによこぎってくる。二階の炎の光を横顔に受けた姿は花木だった。

脚をひきずりながら、傀の立つ方に走りよってくるのだ。

M16の弾倉が空になると、傀は最初に撃ち倒した男の銃を拾い上げた。

同じM16だった。

「こっちだ!」

花木が叫んだ。

傀の背後で爆発音が轟いた。爆風を背に受けて倒れると、コンクリートの破片が降ってくる。

自家発電機を据えた小屋の火が、燃料に移ったにちがいない。

傀は立ち上がると、転がるように駆けた。

花木が、主家の一階にあるシャッターにとりつき、壁とのすき間に身をかくして発砲していた。

傀はシャッターの中央部にM16を撃ちこんだ。裂けて、破れたシャッターに右腕をさし入れ、渾身の力を入れて押し上げた。

押し上げた瞬間、自分と花木が強力な光芒にさらされるのを感じた。振り返りながら、ガレージの中に転げこんだ。

一斉射撃が背後で起こり、弾丸が傀の頭上をかすめた。

ランドクルーザーのヘッドライトとスポットライトだった。

まだシャッターの外側にいる花木がM1カービンを発砲した。ライトが割れ、悲鳴が上がった。

再び一斉射撃を受けた。シャッターが鳴り、花木が倒れこんだ。傀は撃ちまくった。

ガレージの中には二台の車があった。

一台はランドクルーザー、もう一台がロールスロイスだ。

傀は右手のランドクルーザーを回りこんで、倒れている花木のもとに駆け寄った。

「大丈夫かっ」

体を起こした。右肩から腕がだらっと下がっている。傀はそれを見てぞっとした。

右腕が使えなくなっている。

花木の顔は血と汗で濡れていた。

「主家の中に、早く」

傀は頷くと、花木の左腕を抱えて起こした。鈍い爆発音が、今度は正面でおきた。

監視所の建物が炎に包まれていた。

ロールスロイスの黒い車体が、その炎を赤く反射している。その向う側に、ガラス窓のはまったスティールドアがあった。

傀はM16を錠前からガラスにかけて、斜めに撃ちこんだ。花木がM1カービンを捨て、左手にブローニングを握るのが見えた。

スティールドアを蹴り開けると、中は闇に包まれていた。

「大丈夫だから、先に行け」

花木が小声で囁いた。

傀は身を低くして、その闇の中に走り込んだ。すぐに花木も、倒れるようにして入ってきた。

そこは木板をしいた狭い廊下のようだった。傀はスティールドアを閉めると、M16をテコにして内側に開かなくした。

「大、丈夫だ」

スマイソンをウエストから抜く。

花木が左手を傀の首にかけて、ふせさせた。

屋敷の中は、表の騒ぎとは、無関係のように静まりかえっていた。

撃ってくる者もいない。

「奴はおそらく二階だ」

花木が耳元で囁き、這うようにして前進を始めた。

屋敷の中は、闇に沈んでいる。目が慣れてくるに従い、花木の肩ごしに、開けている部屋が見えた。

花木はその部屋に入る手前で止まった。

「私が先に行く。援護してくれ」

有無をいわせぬ口調で傀に囁くと、その部屋に飛びこんだ。

静かだった。

傀は充分、間をおいてその部屋に入った。

そこは二十畳ぐらいの広間で、右手に螺旋形の階段が昇っていた。

二人が飛びこんだ廊下と部屋の間に開け放しの扉があった。傀はそれを閉め、錠をおろした。

広間は分厚いカーペットがしきつめられ、異様に暖かった。セントラルヒーティングが行き渡っているのだ。

傀と花木はその広間の中央に立って、背中合わせにあたりを見回していた。

体の強張りが、ゆっくりとほぐれ、忘れていた左腕と顔面の痛みを、傀は耐え難く感じ始めた。

不意に二階で足音が慌しく轟いた。

花木が左腕を上げ、ブローニングを一発、発射した、階段を、大きな音をたてて男が転がり落ちた。

傀は、上には持ち上がらない左手に懐中電灯を握り点灯した。

顔面に被弾した男が死んでいた。外の兵士たちとはちがい、厚手のカーディガンを羽織っている。

三十八口径のリヴォルバーが階段にころがっていた。

花木は階段の方向に首を傾けた。

傀が先に駆け上がった。

階段を昇りきると、正面と左右に扉をおいた廊下だった。

踊り場の天井にガラスのシャンデリアが下がり、窓に映える庭の炎を反射している。

庭の方角からも人声は聞こえてこない。

廊下は暗く、静かだった。

「どこにいるんだ？」

傀は花木に囁いた。花木は首をふった。

「同じだよ、十七年前と。開く扉をまちがえれば、殺される」

傀は顔を上げた。扉は左と右にそれぞれ三つずつ、並んでいる。

花木が不意に身じろぎした。呻きながら、ダウンジャケットを脱ぎ捨てる。ライターをパンツのポケットから取り出すのを見て、傀も、ダウンジャケットを脱いだ。

二枚を重ねて、花木が火をつけた。

乾燥した羽毛をビニールで包んだダウンジャケットは、パッと燃え上がった。

廊下の中央にダウンジャケットを放った。

廊下にもカーペットはしかれており、じき炎は燃え移った。濃い煙が這い始めた。

二人は左右に分かれ、待った。

右側の奥の扉が突然開いた。激しく咳こみながら、三人の人影がもつれ合うように飛び出してくる。

「撃つな！」

スマイソンを構えた傀に、鋭く花木がいった。

「撃つな、こっちは何も持っていないっ」

左側の男が、しわがれた声で怒鳴った。そのとき、一階で足音と叫び声が上がった。

「後藤はどこにいる⁉」

花木が叫んだ。

「ここだ、先生は、私たちが……」

その男が煙の向うでいった。どうやら後藤は中央に抱きかかえられているようだ。

「私たちは医師だ」

花木は傀に頷いて見せるといった。

「こっちへくるんだ」

「わかった。今行くから、撃たないでくれ……」

花木が迎えるように一歩進み出た。

左側の手前の扉が開き、銃声が轟いた。煽られたように、花木が体を反対側に叩きつけた。

傀はスマイソンをその部屋に撃ちこんだ。M16を持った兵士が飛び出しかけて、仰向けに倒れた。やはり待ち伏せていたのだ。

「こっちへ来い！」

傀は立ちすくんでいる医師に怒鳴った。階段を駆け止がってくる数人の気配があった。

「彼を起こすんだ」

左端の医師にスマイソンをつきつけた。かわりに中央の男の右腕を首に回した。

男の腕は枯木のように細く、体は軽かった。ひゅうひゅうと、その男の喉が音をたてている。

「上がってくるんじゃない！　後藤を殺すぞ」

傀は階段に向けて怒鳴った。足音が止まった。

医師が花木を助け起こした。四十代後半の胡麻塩頭で太った男だ。鞄を持ち、慌てたのか、パジャマの上にカーディガンを裏返しに着ている。

「彼は生きているか」

反対側の人間を見やって、傀は訊ねた。男と思ったのは、三十五、六の女だった。寝巻きにガウンを羽織っている。頭の上でまとめた髪がほどけ、小刻みに震えていた。顔色が真っ白だった。

「生き、ている」

言葉の途中で、その医師は喉を鳴らした。

傀は後藤を放し、拳銃を向けたまま、医師の抱える花木によりそった。

「こ、しを、撃たれた」

花木が低くいった。

「ごと、うを人質にして、車へ」

「わかった」

医師は脇に鞄を持っていた。

「これから降りてゆく。いいか、一発でも撃ったら後藤は死ぬ！　いいな」

傀は怒鳴った。医師に合図を送った。

「本当です、このひとは、ピストルを持ってます」

医師が震える声で叫んだ。花木の腕を首に回し、抱えている。

「一階のランドクルーザーのエンジンをかけておくんだ、わかったか⁉」

「待てっ、私は後藤先生の第一秘書だ。今から上がって行くから撃つな」

しっかりした男の声が下から返ってきた。

「上がってこなくともいい、こっちから降りてゆく。ランドクルーザーのエンジンをかけておくんだ」

「何が目的なんだっ、先生は御病気なんだ。無理をさせてはならん」

一階から怒鳴り声が返ってきた。

「ランドクルーザーだっ、わかったか⁉」

「…………」

「行くんだ」

傀は医師を促した。

「今から降りる、いいなっ」

傀はいってから初めて、自分が抱えた老人を見た。痩せて、頭蓋骨に皮が貼りついたようだ。閉じた眼は、眼窩におちくぼんでいた。

ネルのパジャマにガウンを着せられている。半ば開いた口から洩れる息からは、悪臭が漂っていた。

「あんたはここに残れ」

傀は寝巻きの女にいった。女はガクガクと頷くと、しゃがみこんだ。

花木を抱えた医師を先に歩かせ、傀は首と右肩で後藤を支えながら、階段を下った。

広間では、きちんと上衣を着た男を先頭にして、三人の戦闘服の男たちが銃をかまえて待っていた。

6

懐中電灯の光が傀の眼を射た。

先頭の男は傀と後藤、花木と医師を見て絶句した。

「貴様ら……」

「そいつを消せっ」

傀が怒鳴(どな)って、スマイソンのハンマーを起こした。ライトは消えた。

男の年齢は四十歳をこえている。がっしりとした体格で、皮のパッチのついたジャケットを着こなしていた。

「先生をどうするつもりだ」

硬(かた)く、落ちついた声だった。

「訊(き)きたいことがあるのさ、連れて行く」

傀はいい捨てて、前に立つ医師を促(うなが)すと歩き始めた。

「逃げられると思っているのか!?」

えてきた。

男の声が背に届いた。

侵入したガレージに続く廊下を歩いていった。ガレージからは、エンジン音が聞こえてきた。

男達の視線を、背に鋭く感じながら歩いていった。

不意にカシャッという金属音と、

「やめんかっ」

という男の怒号が交錯した。

「待ってくれ、私が車を運転する。見ろ、私は銃を持っていない」

ガレージに降りたったとき、男が走り寄った。ジャケットの前を開き、ぐるっと回転した。スラックスの裾をゴムの長靴にたくしこんでいる。

傀はランドクルーザーに乗りこみかけて、ためらった。運転席から、眼の白い戦闘服の男が降りた。左肩に、裂け目と血がにじんでいる。憎悪と殺意の混じった視線だった。

監視所は焼けおちていた。低い炎が、吹雪に弱い抵抗を試みている。

花木は目を閉じて喘いでいた。

「よし、運転席に乗れ」

傀は小さく頷いていった。医師と花木を後部席に乗せ、後藤を運転席の男と、助手席の自分の間にすわらせた。

窮屈な姿勢だが、ハンドリングでチャンスを摑もうとすれば、後藤の生命をおびやかすことになる。運転をさせる男への、牽制だった。

ランドクルーザーに乗りこむ直前、隣のロールスロイスのフロントグリルにマグナムを二発撃ちこんだ。

傀が乗りこむと、男はすぐに発車した。前庭を横切るとき、中央に二台のランドクルーザーが駐まっているのが目に入った。共に車首をガレージに向けている。

傀と花木を照射するのに使われた車だ。一台は元から、監視所の駐車場に入っていたもの、もう一台は後続部隊として発車し、戻ってきたものにちがいない。

「止めろ」

傀は短く命じると、一発ずつフロントグリルに撃ちこんだ。

「よし、行くんだ」

傀はようやく、後部席の花木を振り返った。花木は眼を開き、無言で見つめ返してきた。

状況を把握できぬようだった。

「あんたのいう通り、後藤を人質にして逃げ出したんだ。この男は、後藤の第一秘書だそうだよ」

「私の名は角だ」

男は前を向いたまままいった。

花木は苦しげに身をおこした。隣の医師がいった。

「この人を早く病院に入れなければ死んでしまいます」

「止血と、軽い麻酔をして、くれ。強いのは駄目……だぞ。眠って……しまう」

花木は苦し気に、途切れ途切れ、喋った。

ランドクルーザーは開かれた鉄門を抜け、私道に入ろうとしていた。

「しかし……」

いいかけた医師にスマイソンを向けた。

「いわれた通りにしろ」

「どこへ行くつもりだ。今頃は警察に連絡が入っている。逃げられはせんぞ、ましてこの雪だ」

角がいった。

「そんな真似はしていない、さ。け、いさつのことだ。あの銃と死体を見つけられれば、困るのはそっちも同じ、だろ」

花木はいい、咳こんだ。

「動かないで。――もう少しゆっくり、走れませんか」

医師がアンプルを切って、角にいった。

「釧路に行け」

花木は喘ぎ喘ぎ、命じた。

「あんたのことは知っている。花木達治だな、ずっと先生を狙っていた」

角がいった。

「狙っていた？　ふん」

花木は苦しげに笑った。

傀は中央の後藤をのぞきこんだ。眼を閉じているが、喉の音は消えていた。

「狙っていたのは、そっち、だろう」

「………」

「後藤はどんな具合だ」

花木は傀に訊ねた。

「意識は戻っているようだ」

「先生をどうするつもりなんだ？」

「訊きたい、ことがあるんだ。——後藤、私のいうことが聞こ、えているか」

老人はゆっくりと眼蓋を上げた。細い眼が開き、無表情に傀を眺めた。異様に長く、傀を見つめていた。

蛇を思わせる、冷たい視線だった。恐怖や怒りがそこにはなかった。

傀はにらみ返しながらも、この枯木のような老人がなぜあれだけの屈強な男たちを動かすことができたか、一瞬だがわかったような気がした。

「聞こえているようだ」

傀は老人から目をそらさずにいった。

「後藤、なぜ今になって私の命を狙ったのだ」

「それを訊いて、どうする」

乾き、ひび割れた唇から出るとは思えぬほど明瞭な声だった。妙に中性的で、きしむように甲高い声音だ。

「貴様と俺にとっては重要なことなのだ。矢部征八郎という元陸軍中将は一体、何を知っているのだ」

傀は後藤継男を見守っていた。後藤は一、二度瞬いた。

「何を？」

「とぼけるな」

花木が身じろぎした。麻酔がきき始めたのか、苦しげな調子はやわらいでいる。角はハンドルを握りながら、耳を傾けていた。

「貴様は、『奔流』に矢部が発表していた『陸軍情報部秘史』を途中で打ち切らそうとしたではないか。真木野を使って……」

「愚か、者が……」

ゆっくりと後藤は言葉を吐き出した。それは、死んだ裏切り者に向けられたようにも聞こえた。

「それがかなわぬと知って、貴様は、俺や俺の家族を殺そうとした。麻美を――」

「あの娘は、お前の実の娘ではない筈じゃろうが」

「そこまで調べ上げていたのか」

「この若僧は何だ？」

「訊ねているのは、こちらだ。貴様が答えれば教えてやる」

「どうせ、お前は儂を殺す気じゃろ。その傷なら、お前も長くはない。地獄の底まで秘密を知らずに落ちても、それもまたよかろう」

　老人はひからびた口元を歪めた。それが笑い顔だった。

「話せば貴様の命を助けてやってもいい」

「何をたわけたことを。角、こんな男の世迷い言を真面目に受けとるではないぞ」

「しかし、先生――」

　角は心配気にいった。

「今、先生にもしものことがありますと、内閣の方で……」

「黙れ」

　短く、後藤はいった。

「後藤、俺は前々から不思議に思っていたことがひとつあったのだ。それを聞かせてやろう」

　花木は少し呂律の危い口調でいった。

　ランドクルーザーは沿道を抜け、国道に入った。来た道とは逆を走り出す。傀には、それが釧路という町に向かう正しいコースなのかどうか、わからなかった。

「十七年前、俺と佐和田は、検事だった梶に脅迫されて、貴様を襲った。今夜のように。だが、真木野の裏切りで、俺たちは失敗した。あのとき、貴様は麻布の屋敷にはいなかった——あの屋敷は俺たちを殺すための罠に化していたのだ。だが、貴様は真木野の通報を受けたときに、警察を使って俺たちを捕えることもできたのだ。警官隊に、秘かに屋敷を包囲させておけばよかった。あの頃の貴様ならば、そんなことはた易かったはずだ。

しかし、それをせずに、自分の部下を使って、俺や佐和田を始末しようとした。俺が佐和田を撃って逃亡した後、警察に逮捕され、佐和田を殺した容疑で裁かれたときも、貴様は、真木野から、たとえわずかにせよ聞いていた俺たちの素姓を法廷で暴露しようとはしなかった。

それはなぜなんだ？」

傀は老人に目を向けた。後藤は瞑目していた。眠っているようにも見える。

「俺は、無論、自分の過去を一切、語りはしなかった。そして殺人罪で裁かれ、刑務所に入った。しかし、片ときも忘れず貴様のことを考えつづけてきたのだ。一体、なぜなのだろうと。

それが、矢部の回顧録に関する貴様の動きでようやく読めたような気がしたのだ」

「何のことだ——儂にはわからんな。お前は何の理由もなく、儂を殺そうとしておる狂人に過ぎん」

「その狂人にこうして拉致されて、その弱った目をふさがれかけているのが貴様さ。あまり大きな口を叩かんことだ」

　花木は咳こんだ。少し血を吐き、言葉をつづけた。

「矢部征八郎は陸軍情報部を統轄していた人間の一人だ。その下には、私たちの特務機関の司令官であった井田元中佐もいた。井田は、昭和二十三年、政府有力者の命で、特務機関を作り、私たちをその殺し屋として訓練した男だ。矢部の回顧録にも名前が出てくるそうだ。おそらく、矢部は、当時、井田が特務機関を率いていたことを知っていたにちがいない」

　花木は唇を湿した。

　ランドクルーザーは、白い、闇の底に通じる一本道を疾走していた。傀は、遠くに海鳴りを聞いたような気がした。

「その矢部の回顧録が戦後篇に入るに及んで、貴様は慌てだした。慌てて、私を始末しようとした――なぜか。

　そいつは、まさしく矢部が昭和二十三年以来、十年以上続いた井田の特務機関について触れるのを恐れたからだ」

「世迷い言を」

「どうか、な。貴様の命を狙った井田機関のたった二人の生き残りは、自分たちに命令を直接下す井田より、上の地位にある者を知らなかった。自分たちが屠る標的を決定する者たちを。

知っていたのは、井田と、その小委員会のメンバーだけの筈だった。だが、俺は思っている。井田のかつての上官だった矢部も知っていたのだと」

角がランドクルーザーをシフトダウンした。エンジンの回転が上り、急速に減速される。

傀は前方に吹き溜った、雪の小山を見た。

高さが五十センチ以上、ふくれあがっている。その上をランドクルーザーは乗り越えようとしていた。

誰も口を開かない。

雪は、その小さくほのかな一片一片がまるで狂気にまどうように横殴りに、吹きつけていた。

「後藤継男――貴様も小委員会のメンバーだったのだ。貴様は隠れた権力を利用し、現在の地位を築くために、不動の立場を固めるために、我々に邪魔者を抹殺させたのだ――国家の安全という錦の御旗の下にな」

「狂った犯罪者の考える妄想などに、聞く耳はない」

後藤はぞっとするほど静かに告げた。

「証拠はいずれ、矢部征八郎が『奔流』の誌上で明らかにするだろう。貴様が恐れたのは生き証人だった。矢部が、回顧録の中で、井田の機関と、その小委員会について語ったとき、その機関で実際に手を汚していた人物が名乗り出ることを恐れたのだ。

即ち、私だ。

殺人の時効は過ぎている。私が名乗り出たところで法によって裁かれることはありえない。それは貴様も同じだ。

しかし、社会が過去の罪を糾弾したとき、受けるダメージの差は測り知れぬものが、あるのだ。

貴様は勿論、貴様に与してあの疑獄事件に連座した政治家どもは全滅だ。もう二度と、貴様は政治のからくりに手を出すことは許されない。俺が過去の標的の名を洗いざらいぶちまければ、貴様が現在の経済力を築く、ただそれだけのために、標的と決定された実業家の名もこぼれ出てくる筈だ。

貴様は永遠に屠られる。たとえ、どれだけ金を持っていようと、権力の好きな貴様にはそれが我慢ならなかった。そこで、私と、私の過去を知っている可能性のある周囲の者すべての口を塞ごうとしたのだ。

——矢部の、その事実を告げる手記が発表される前にな」

「角、この男を殺せ」

後藤は高い声で叫んだ。

「後藤、立場を、よく考えろ」

笑った拍子に、花木は再び激しく咳こんだ。

「よかったな、後藤……」

花木の喉はふいごのような音をたてていた。

「貴様の犯罪が世に知られ、糾弾の苦しみを知ることなく、死ぬことができるのだ」

老人は眼を瞠いた。年齢からは想像もつかぬ素早さで、首をねじまげようとしたが遅かった。

花木が猿臂をのばした。無事な方の左腕を老人の細い首に回した。

「何をする、先生を放せっ」

角が怒鳴ってブレーキをかけた。傀はのけぞった後藤の、はだけた胸にスマイソンの銃把をのせた。

「頭をぶち抜くぞ」

角の喉が鳴った。

花木は麻酔のため、力が入りにくいようだった。医師が花木の腕にむしゃぶりついた。

傀は、スマイソンの重い銃身をその額に叩きつけた。額を割られ、胡麻塩頭を血に染めて昏倒した。

傀はルームランプをつけた。角に邪魔させぬためだった。

後藤の顔が朱に変わっていた。細い舌をつき出して喘いでいる。

「ごとう、この若者は佐和田の息子だよ。麻美は先に地獄で貴様を待ってる……」

花木の体が渾身の力で震えた。ボタボタと音をたて、銃創から血が滴る。

後藤が骨格の浮き出た体を、シートにのけぞらせ、背をぶつけた。

蒼白になり目を吊り上げて見守る角に、傀はスマイソンをずっと擬していた。

後藤の喉が、ぐぐっと鳴った。涎が花木の腕を濡らす。

陸に上がった魚のように、後藤の体が再び跳ねた。

それが最期だった。

目を瞠いた老人は、花木の腕から力が抜けると、横に、傀の方にのめった。傀はそれを押しやった。

「貴様ら……何ということを……」

角が悲痛な声を洩らした。

傀はスマイソンを下ろした。膝におき、右手で老人の眼を閉じた。

「……釧路だ、傀くん。釧路に、港……釧路港に、『ＡＳＡⅡ』が来ている。村田が操船して……」

花木の顔からもまったく血の気が失われていた。

「花木、しっかりするんだ！」

「大丈夫だ。少し、休む……」

花木はシートにもたれかかった。眼を閉じ、うなだれた。

そして、それきり眼を開かなかった。

傀はじっと見守っていた。呼吸が苦しくなり、手足から力が抜けてゆく。

やがて向き直ると、角にいった。

「行くんだ」

釧路港に着いたのは未明だった。朝がやってきても、空は黒から鉛色に、わずかに青みを加えたに過ぎない。

漁港の朝は早いのだろう。バスが走り、乗用車が、そろそろと凍てついた道を行き交っていた。

「これ以上は車では無理だ」

船影が見わけられるほど、港に近づくと、角がいった。傀は車を止めさせて、窓を下ろし、あたりを見回した。

凍てついた街だった。黒いゴムの防水衣を着けた男たちが、威勢よく、百メートルほど前方のコンクリートの埠頭を歩き回っている。

マフラーから真っ白い煙を吐いた車が、傍らを行き過ぎた。

傀は助手席を降りた。

花木を抱き、『ASAⅡ』に行くつもりだった。麻美のときと同じだ、熱く、ぼんやりとした頭で、傀は思った。

足がすべった。

左側の後部席のドアを開くと、ずり下がった花木の肩に腕を回した。医師の男は、うつぶせに座席の下に倒れ、鼾をかいている。

後藤は助手席で、真横に、たった今まで傀のすわっていた位置に頭をもたせ横たわっている。

角は首だけをねじまげ、傀を見つめている。

角が鼻から荒い息を吐いた。さっと身をかがめる姿が、傀の視界の隅に映った。

傀は花木の背中に腕を回した体勢で、ふりあおいだ。

角が長靴の中から小さなオートマチックを抜いていた。銃口を傀に向けている。

「何のつもりだ」

疲れきった声で傀はいった。

「貴様を射殺する」

「何のために……」

「先生を殺した犯罪者だ、貴様は。国家に対する反逆者だ。成敗するのだ」

「馬鹿な」

「死ね！」

乾いた銃声が車内で起こった。左肩に衝撃を受け、傀は仰向けに、車の外に放り出された。

腰をしたたかに打ちつけた。右腕が自然に上がる。

角が上体をシートの上にかぶせるようにして、のびあがり、両腕で銃をかまえた。

花木の死体が揺れ、前のめりになるのと、傀がスマイソンを発射するのが同時だった。

花木の胸に弾丸は当たった。撃ち抜き、花木の体が宙に浮く。

角が悲鳴を上げた。

弾丸は、花木の胸を貫通し、その向うの角の腹にめりこんでいた。

フロントグラスに血沫きが散った。

花木の体が、ランドクルーザーの天井に当たってから、路上に転がり出た。

傀は膝をついた。左半身が痺れ、肩がひどく痛んだ。

それでも花木の首をつかむと、右肩に花木の血まみれの腰をのせた。

車内から、角の呻き声が聞こえている。

歯をくいしばって、傀は身をおこした。肩に花木の死体をのせ、ゆっくりと両脚をのばした。

埠頭で働いていた男たちが銃声を聞きつけたのか、こちらに向かって駆け出す姿が見えた。

俺は花木を撃った。

日本に来て、花木を撃つことだけが、十七年間の俺の目的だった。

そして今、やはり花木を撃ち儀式を終えた。

傀の脳裏に麻美の顔があった。

俺にはもう、したいことも、すべきことも何もない——傀は思った。

埠頭の向う側に、黒い海面が躍っていた。

傀はふらつく脚で歩み出した。

吹雪(ふぶき)がやみ、その白い雪片が、ただ静かに舞い降りるだけに変わったことを、傀は気づかなかった。

ただ、血に染まった十七年間の仇(かたき)を肩に抱き、歩みつづけた。

傀は幸福だった。

そして、絶望していた。

解説

小峯隆生

「動くなー!」

おれが、叫ぶと同時に、逆光でシルエットになった男は振り向きざまに発砲した。

おれは、コルト・ローマン・357マグナムを6速連射した。撃ちつくすと、すばやく、スピード・ローダーでリロードして、再び、6連射。13発目に、ハンマーがカチンと音をたてた時、おれは静かにつぶやいた。

「初めまして、小峯です」

シルエットの男はコルト・ダイヤモンドバックの銃口を少し上に上げると、ミドル・トーンの声で答えた。

「どうも、大沢在昌です」

(こいつ、本気でハードボイルドしてるぜ)

シルエットの男がすっと、半歩下がると、光線の下に自分の顔をはっきり見せた。

(ウッ、おれより、カッコイイ)

カッコイイ男はダイヤモンドバックをクルッと一回転させると、ズボンのベルトに収めた。

おれも、負けじと、コルトをクルクルッと二回転させて、ヒップ・ホルスターに戻した。

モデルガンの硝煙越しに大沢在昌はニヤッとハードボイルドっぽく微笑した。おれも、できる限り、カッコイイつもりで、スマイルした。

これが、大沢氏とおれの初対面の時の事です。

本当です。

数年前、日本冒険小説協会で『大沢ヒット計画』とゆーもんがあった。電話で予告しておいて、モデルガンで襲撃するという遊びだった。当時、おれは大沢氏の大ファンであり、まだ会ったことが無かった。大喜びで、その計画に参加した。そして、上記の銃撃戦が六本木のビルの屋上で深夜に発生した。結果は背中を取って、声をかければホールドアップするだろーとゆー、甘い判断を下したおれは負けてしまった。ハードボイルドの作家は素早く、振り向いて撃った。作家が両手をホールドアップするのは、書けなくなった時だけである。

それ以来、大沢氏と小峯の付合いがはじまった。おれにとっては、兄貴みたいであり、ファンである作家であり、とても、いいひとである。おれの夢としては、本業の編集者として、大沢氏の作品を担当してみたいもんである。

しかし、御本人に聞いてみると、

「ウーン、解説でも書いててくれ」

と言われ、担当をするという夢は、まだ実現していない。

大沢氏の作品との最初の出会いは、1981年の初めに「なんか、JAPAN・ハードボイルドが読みたい」と思い、本屋に入って、某作家の『標的×××』を買った。世界一つまらない作品だった。その作家と本を357マグナムでブチ壊したい衝動を抑えながら、再び本屋に走った。その時の気持ちは、ソープランドに行って「社長！ シロウト同然ですよ」と言われて、四十歳ぐらいのババァが出てきた時と同じである。クサレ本のあった横に同じ題名ぽいのがあった。『標的走路』。まー、こっちの方がましだろーと読み始めた。ブッ飛んだ。スゲーのである。

それから、佐久間公シリーズ『感傷の街角』を経て、本書に出会った。スゴさは不変だった。

なにがスゲーかというと〝感性の問題〟である。1955年以降に生れ、70年代の中頃以降に大学生時代をすごしている世代は、それ以前の世代と違う。

こー書くと、「オッ、新人類だろ」と思われるだろーが、違う。新人類とは、小、中学校とイジめられ続け、一人でズーっとイジイジと考え事をしたり本を読んだりしていたおかげで、二十五歳前後からいろんな事を言ったり、書いたりしている若年老人のことを言う。大沢氏は違う。カッコいいので、イジめられることもなかったから、新人類になる必要はない。

〝感性の問題〟で比較していくと、オジサン作家と大沢氏の違いは〝街〟の描写が徹底的に異なる。オジサン作家は『〇〇は六本木の街に行った』と書いてしまえば、主人公が六本木に行ったことになる。もー、だれがなんといおーと六本木である。地名を書いてしまえば、いーと思っちゃってる。これは、有名な画家が富士山を描く時、白いキャンバスにシッカリと黒い文字で『富士山』と書いてあるのと同じである。そーんなもんは、絵画じゃねーと言われ、だれも買ってくれない。だけど、これが文学しちゃうと、いきなり、許されちゃうのである。

とーころが、ドッコイショで現代の街はそー甘くないのである。〝街〟には色があり、音、人、物などが、ある一つのリズムを持って、独特の呼吸がある。若者はそれを呼吸して、〝感性〟で、その街を知る。オジサン作家は〝街〟を地名で書く。一方、大沢氏の描く〝街〟は現代で呼吸している。「傀」が六本木に行けば、感性でとらえている六本木と同じ街が本の中に現われちゃうのだ。

「バーカヤロー！　街のことなら、いくらでもピアにかいてあるぜー!!」

と叫んじゃう人もいるでしょーが、まーチョットここで『ハードボイルドと街』について聞いてくださいな。

1920年代、アメリカで、ハメットがパルプ・マガジンに探偵物を書き始めた。それらは、高度に近代化されたアメリカの街を舞台に私立探偵の活躍が描かれていた。ハードボイルドの誕生である。

このハードボイルドの誕生の理由は、推理小説にリアリティを求めたためである。当時の推理小説は天才的な主人公が自分一人で、事件をぜーんぶ解決してしまうのが主流だった。それ等は、だんだんと非現実的になって本当に小説の中だけのお話しになってしまった。

そこに、ハメットが現実的な手法を持って登場してくる。彼は実在の事件を扱い、実在の人物を出そうとした。それによって、非現実的になった推理小説をリアリティのあるものにしようとした。

このため、ハメットは推理より人物描写と行動描写に重点をおいた。行動派推理小説とも呼ばれた。しかし、ハードボイルドは確実に動き始めた。

それでは、ハードボイルドのリアリティのある主人公はどこを行動するのか？　また、事件はどこで発生するのか？

それは、宇宙空間でも、月世界でもない。〝街〟である。

これ等の事から、ハードボイルドの存在を支えるのは、リアリティのある主人公がいそーで、本当に事件の発生しそーな、〝街〟の描写にかかっているのである。

ハードボイルドが求められる実在のリアリティをだすためには、現実の街をどこまでも相手にして観察し続けなければいけない。主人公の観察眼を通して、語られなければならないハードボイルドにとっては宿命である。その観察眼に写る最初の光景としての街が単なる地名としての街ならば、その物語はそこで死滅する。その後にどんな、すばらしい男が登場しても、無駄（むだ）である。

観察眼が生き生きとした街を背景に持ってきてこそ、人物が実在するよーになるのである。たかだか、数行の町の描写だがハードボイルドの命はそれだけで決まってしまうのである。

その点、ハメットの作品には、当時のサンフランシスコの街の呼吸がよく描かれていた。サム・スペイドもそれを吸って生き生きとしたキャラクターになることができた。ハードボイルドは街で生れた。その時から、優れたハードボイルドには優れた街を描かなければならない宿命ができた。マーロウのロサンゼルス、スペンサーのボストンにしてもしかりである。

よーするに、ハードボイルドにとって〝街〟は必要不可欠な物である。

オジサン作家の書ける〝町〟はせいぜい、〝東京まで急行で70分、駅から徒歩15分〟のダサイ町である。絶対に、〝六本木から徒歩1分、オッシャレーなスペース〟なーんて所は書けないのだ。ところが、大沢氏はだいじょーぶ。書けちゃうのである。

〝街〟を描かせれば、大沢氏の右に出る者はいない。左にはハメット、チャンドラーがいる。そして、街を書ける者こそ、ハードボイルドが書ける。おそらく、１９８０年代のトウキョーを舞台に書かれるハードボイルドの超傑作は大沢氏の手元から生れるはずなのである。

本書はそのための大いなる序章であり、予言書でもある。

最後に銃撃戦には負けたが、勝った勝負もあった。それは、小林麻美さんとどちらが先に会えるか、とゆーもんだった。この勝負は1984年9月25日におれが勝てた。サザンの桑田のピンチ・ヒッターでオールナイト・ニッポンのＤＪをした時にゲストに小林麻美さんが来てくれた。

オンエア中に、おれは「大沢さん、聞いてる?」と叫んだ。その大沢とは大沢在昌氏のことである。

その時、ラジオの横で、大沢氏はハードボイルド・スマイルを浮べていたにちがいないのである。

本書は、一九八六年十二月に小社より文庫として刊行された作品の新装版です。

ジャングルの儀式

新装版

大沢在昌

平成29年 5月25日　初版発行
令和6年 5月30日　4版発行

発行者●山下直久

発行●株式会社KADOKAWA
〒102-8177　東京都千代田区富士見2-13-3
電話　0570-002-301（ナビダイヤル）

角川文庫 20338

印刷所●株式会社KADOKAWA
製本所●株式会社KADOKAWA

表紙画●和田三造

ISBN978-4-04-104920-4　C0193

角川文庫発刊に際して

角川源義

第二次世界大戦の敗北は、軍事力の敗北であった以上に、私たちの若い文化力の敗退であった。私たちの文化が戦争に対して如何に無力であり、単なるあだ花に過ぎなかったかを、私たちは身を以て体験し痛感した。西洋近代文化の摂取にとって、明治以後八十年の歳月は決して短かすぎたとは言えない。にもかかわらず、近代文化の伝統を確立し、自由な批判と柔軟な良識に富む文化層として自らを形成することに私たちは失敗して来た。そしてこれは、各層への文化の普及滲透を任務とする出版人の責任でもあった。

一九四五年以来、私たちは再び振出しに戻り、第一歩から踏み出すことを余儀なくされた。これは大きな不幸ではあるが、反面、これまでの混沌・未熟・歪曲の中にあった我が国の文化に秩序と確たる基礎を齎らすためには絶好の機会でもある。角川書店は、このような祖国の文化的危機にあたり、微力をも顧みず再建の礎石たるべき抱負と決意とをもって出発したが、ここに創立以来の念願を果すべく角川文庫を発刊する。これまで刊行されたあらゆる全集叢書文庫類の長所と短所とを検討し、古今東西の不朽の典籍を、良心的編集のもとに、廉価に、そして書架にふさわしい美本として、多くのひとびとに提供しようとする。しかし私たちは徒らに百科全書的な知識のジレッタントを作ることを目的とせず、あくまで祖国の文化に秩序と再建への道を示し、この文庫を角川書店の栄ある事業として、今後永久に継続発展せしめ、学芸と教養との殿堂として大成せんことを期したい。多くの読書子の愛情ある忠言と支持とによって、この希望と抱負とを完遂せしめられんことを願う。

一九四九年五月三日